門小雷 繪

門小雷 繪

# 吸血鬼獵人
# 日誌

# JOURNAL OF THE VAMPIRE HUNTER

## II

［重編版］

喬靖夫——著

# 吸血鬼獵人日誌

目次

【地獄鎮魂歌】

# 吸血鬼獵人日誌

目次

【殺人鬼繪卷】

# 吸血鬼獵人
# 日誌
# JOURNAL OF THE VAMPIRE HUNTER

---

## Special
## 地獄鎮魂歌
## *Antichrist Superstar*

根據斯拉夫地區的吉卜賽人傳說，男性吸血鬼——當地語稱吸血鬼為「穆洛」（Mullo）——擁有強烈的性慾，能令人類女性（東正教或穆斯林教士的家人除外）懷孕，所誕下的嬰孩稱為「達姆拜爾」（Dhampir）。多數的「達姆拜爾」出生時全身無骨，身體如水母般柔軟，故此夭折率極高。

僥倖生存及成長的「達姆拜爾」繼承了父親的超凡力量，並天生具有感應吸血鬼所在的異能，是世上最強的吸血鬼獵人。「達姆拜爾」曾活躍於塞爾維亞及南斯拉夫其他地區，獵殺吸血鬼以賺取可觀的酬金。

「達姆拜爾」進行的驅魔儀軌極其怪異：吹奏尖銳刺耳的哨曲、裸身四處奔跑、與無形的敵人激烈搏鬥（吉卜賽人相信吸血鬼擁有隱身能力）。他們又使用各種意想不到的輔助器物：以襯衣袖充當望遠鏡，偵察吸血鬼所在；把墓碑碎片杵成粉末並撒在靴裡，令吸血鬼無法聽見其足音……依照記載，最後一次公開的「達姆拜爾」驅魔儀式於一九五六年在南斯拉夫科索沃省舉行。

平成十X年
東京

# 第一章 濡の恐怖

**十月二十日傍晚六時零五分**

**東京　新宿區**

豎立在大廈屋頂這幅巨大的電視遊戲廣告，按照預設時間，自動亮起十二盞蒼白刺眼的照射燈。

廣告板底下的天台原本一片陰暗，此刻在強光照射下，一切事物的光影對比鮮明，仿似一座由混凝土的戲劇舞台。

赫然躺在這舞台中央是一名女高中生。她手足扭曲的姿勢像隻冷死在寒風中的昆蟲。染成淺棕的鬈髮散亂，遮蓋著她的臉孔。身上的水手服如被猛獸蹂躪過，到處撕裂，裙襬被捲起來，露出印著卡通兔圖案的可愛內褲。裸裎的細嫩乳房已經沒有任何起伏，上面滿佈著嚙印，左邊的乳蒂更被整個噬去。嘴巴滿滿塞著屬於她自己的白色泡泡長襪，臉龐因為窒息與痛苦而漲紅。

但是真正的致死處在右頸側：頸動脈已經破裂好一段時候，創口四周的皮膚冒起皺紋；鮮血的流瀉早就慢下來，如今混著濃濁泡沫，輕輕發出「噗噗」聲點滴冒出。

女孩瞳孔已經完全放大。睫毛膏與淚水混和成灰黑污垢，一雙眼睛暴瞪，仰視東京的陰沉天空。她至死也無法理解，自己十六年的短促生命，為何以如此慘酷的方式結束——在十月一個平凡的下課後黃昏，她熟悉的這座都市裡。

一片陰影，投到女孩屍體上。

是個長著稀疏金髮的白種男人，長相平凡，是在世界任何一個大城市都見得到的那種中年遊客。他匍伏在地，身姿和神情顯得很疲累，水藍的眼睛直盯女屍，透出一股異樣的慾望。

他像條狗般用雙手吃力爬過去，把嘴湊向女孩頸旁傷口，貪婪地舐飲那已變涼的血。舌頭深深伸進傷口裡，發出難聽的吸啜聲。

女孩的屍體因為這吸力，呈現凹陷乾枯。

「別掙扎得這麼難看啊，摩列科。」

說話聲音來自後方的儲水箱頂。

藍眼睛惶恐瞪大，嘴巴停止了動作。男子摩列科迅速把視線轉向聲音發來處。

「你好歹也活了兩百歲。」那聲音繼續說：「死得有點尊嚴吧。」

一個瘦長的身影蹲踞在水箱上。比夜色還要黑的長髮與皮大衣。左邊肩頭坐著一隻瘦小的黑貓。

摩列科掙扎著爬起身，移到天台更光亮的地方。這才暴露出來，他雙腿自膝蓋以下已被斬斷。

摩列科咧開血污滿佈的嘴巴，露出兩支尖長犬齒。

「我不明白……」他吃力地說話時吐著血沫：「我遠遠逃來太平洋的彼岸……怎麼你還是找得到我？」

「是你的氣味。」水箱上的黑影站起來，上前一步。

射燈剛好投到他身上。一張瘦削蒼白的臉龐，眼睛藏在圓形墨鏡底下。

「只要讓我嗅一次，你就永遠逃不掉。」

摩列科目中恐懼更濃，聲音顫抖起來。「我知道了……你就是傳聞中那個『獵人』！」

長髮男人沒有說話，只是慢慢從大衣內側拿出一個銀白色的十字架，上面雕鑄著耶穌基督受難像。

黑貓從主人肩上滑下來，躍到水箱頂另一角。牠晶亮的眼睛，與主人一起盯著下面的摩列科。

摩列科發出野獸般的嚎叫，支撐在地面的雙手突然猛力推按，身體如箭矢般飛升到十呎高半空。

這絕對是超越人類的體力。

然而那個長髮男人，躍得比他更高。

兩條黑影在空中交疊，再合成一團，重重急墮回天台地面。

摩列科攤成大字，仰臥在地動彈不得，雙臂各被長髮男人的黑皮靴牢牢踏住。他痛苦地吐出大口的鮮血，胸膛急激起伏。

心臟處深深插著那個銀色十字架。

站立他上方的長髮男人面容冷酷，肅殺的眼睛透過墨鏡，俯視垂死的摩列科，全無任何憐憫的感情。

他緩緩掀開大衣左襬，從腰間拔出一柄尼泊爾傳統的廓爾喀彎刀。刀背沉重厚實，刀刃向前彎曲，這種刀握在手裡，感覺更像一柄短斧。

「告訴我……」摩列科噴著血沫說：「……你的名字。」

——**尼古拉斯．拜諾恩**。我的名字。

摩列科不甘心地痛苦掙扎。

拜諾恩上半身俯下，把彎刀架在摩列科脖子上。

「別亂動。讓我好好完成工作。」

血柱飛濺的同時，位於他們上方那巨大電動廣告板，像百頁簾般變換成另一個畫面：

**東洋最期の詩人**
**繭 MAYU**
地獄LIVE
第XIV回
新宿Theatre
平成XX年10月20日(土)20：00
SS席12,000￥ S席8,000￥ A席6,000￥

拜諾恩提著摩列科血淋淋的頭顱，仰視著這演唱會廣告。

——貫穿心臟。斬首。

——這就是我的工作。

——**我生下來註定要做的工作。**

從摩列科無頭屍身的外衣口袋，有兩張證件跌落血泊中，證件的膠套沾染著血水。

上面用日文印著，正是《第 XIV 回地獄 Live》的後台通行證。

拜諾恩看了通行證一眼，又再仰起頭，凝視廣告裡那幀歌星照片。

染成白色的長髮與眉毛，俊美得懾人的臉，還有深邃漆黑的眼睛。

名叫「繭」的少年。

最後一線夕陽，在東京無盡的建築群海洋盡處消失。

# 第二章
# 地獄 LIVE

**晚上八時零六分**
**新宿 THEATRE**

每一回《地獄 LIVE》開始前，會場外的情景就是一場熱身表演。

歌迷是當然的主角：其中以少女佔壓倒數量，把劇院外幾條街道全都塞滿了。她們當中有大約三分一身穿校服，其餘的人大部分也是打扮風格相仿：毫無例外的黑色與白色，通花蕾絲與皮革，還有白銀製十字架或惡魔標記的首飾。化妝一律把臉塗得雪白，配上紫黑色的唇膏。

在掛著「FULL（滿座）」告示牌的售票處外，有四、五個打扮成極權秘密警察模樣、一身黑長衣與軍帽的少女，圍攏在一起抽菸聊天；另一組在街燈底下聚集的女孩，則模仿被拷問過的受害者，臉龐畫成七孔流血的摸樣，用安全別針充當耳環和唇環，還戴著灰白色的隱形眼鏡。

他們彷彿各自把童年時作過最深刻的惡夢，一股腦搬出來穿戴上身。置身這樣充滿視覺衝擊的人群裡，拜諾恩反倒感覺比較自在，他這個穿著全黑衣衫的外國人不再那麼讓人注目。

自從兩天前到東京來，他走在街上就感覺不輕鬆。歐美人在日本總是特別顯眼。直至到了這個《地獄 LIVE》的會場前。

比較讓他難受的是聲浪，幾千人同時說話。無論轉往哪個方向，你無法不看到附有大串飾物的行動電話。女孩們都忙於跟等候中或失散了的夥伴聯絡。

歌迷並不是這場熱身表演的唯一角色。

拜諾恩看見，在遠遠的外圍有一大群示威者，全部都是成年人，許多明顯是父母輩，手上舉著各種抗議標語。寫的都是日文，拜諾恩讀不懂，只看到許多是在「MAYU」（繭）的名字上蓋了一個大交叉。

示威者與歌迷之間的馬路隔著大隊警察，全都提著防暴盾牌和警棍，一個個神色緊張。警車頂上的燈號無聲地旋轉閃亮。

這樣的場景當然缺不了新聞媒體的攝影機。穿著整齊套裝、化妝一絲不苟的女記者，握著附有電視台標記的麥克風，在鏡頭前頻繁地開合嘴巴，同時不忘保持端莊笑容。

異國的語聲在耳邊此起彼落，拜諾恩感到有點暈眩。

這個國家實在是太陌生了。

——還是先進場看看吧。

他從大衣裡掏出那兩張後台通行證，往「新宿 THEATRE」正門走過去。那裡等候進場的歌迷已經排成長龍。他有點手足無措。是要逕直走到龍頭，就這樣把證件遞給收票的人？還是要找進後台的側門？

「等一下！」一聲嬌嫩的呼喊，在人群裡很突出，吸引了拜諾恩的注意——因為是用英語說的。

拜諾恩回頭：一個穿著水手服的女孩。她原本一直在發愁，抱膝蹲在場館階梯上，此刻帶著訝異表情，朝拜諾恩直奔過來。

「是的！我在叫你！不要走……」少女一直用英語喊著，焦急地跑了過來，生怕拜諾恩就此在人叢中消失。

拜諾恩無法理解，呆呆站在原地。

少女一走過來就握著拜諾恩的手腕。她的手冰冷而柔軟，正在微微顫抖。

「你手上拿著的是……」她把他的手移近自己臉前，仔細看他拿著的證件，眼睛瞬間睜大。「我……在作夢嗎？是真正的《地獄 LIVE》後台通行證！這簡直是聖物啊！你是怎麼拿到的？」

拜諾恩透過墨鏡細看少女的臉。並沒有如別人般誇張的化妝，黑長髮剪得細碎，像那種傳統日本人偶的髮型。她不算很漂亮，可是細小而豐厚的嘴唇，溢著一股鮮活的誘惑力。

瞧見少女右邊頸項，拜諾恩眉頭一下子緊皺。

——怎會這樣……

少女察覺了拜諾恩的視線。她天真地笑起來，把衣領拉低一些，似乎故意要讓拜諾恩看見她肩頸的雪白肌膚。

在她的頸動脈處，有兩個細小的血洞，乾結的血污一直染到衣領上。

「這叫『吸血鬼的噬印』，好看嗎？」少女笑著說：「我花了一個多小時才弄成的。你覺得夠逼真嗎？」

原來是化妝。拜諾恩的眉頭這才解開，禁不住苦笑。

噬印確實弄得很像。對於這種東西，拜諾恩是不折不扣的專家。

少女拉著拜諾恩的手再貼近些，變成挽著他肘彎，胸脯不經意地壓著他手臂：「我叫真梨……你一個人來？這裡不是有兩張通行證嗎？你要是肯帶我進去，我……今晚就不回家……」

拜諾恩已經許久沒有與女孩子的柔軟身體如此親近。他閉起眼睛，心底興起一陣微微波動。

那並非慾望，而是對一個人的思念。

——慧娜……

拜諾恩垂頭，瞧見真梨泛著緋色的稚氣臉龐，又仰首看看著劇院上方廣告牌裡那個白髮的俊美少年。

「為了聽他唱歌……妳願意獻出一切嗎？」

真梨那雙明澄的眼睛直視拜諾恩，毫不猶疑地用力點頭。

□

**《社會新潮》十月號專題文章**

**惡魔？先知？**

**搖滾少年・繭嶇起帶來之社會現象**

「我願意爲他奉獻自己的生命。」

這樣一句話在日本古代以至戰時，都具有某種特殊的精神意義；然而在這裡卻是出於平成年代一個十五歲少女口中，不禁令成年人爲之毛骨悚然。

就讀東京都內某中學三年級的N子（假名），坐在澀谷街頭欄杆上，一邊抽著菸，一邊笑著大談「死亡」。她口中的「他」就是藺——一個比她年長不了多少的少年，兩年前開始在日本音樂界如彗星般冒起的「視覺搖滾」（Visual Rock）偶像。

藺是德國歸來日僑，對於其過去，就連追蹤娛樂新聞的記者亦諱莫如深。他的傳奇開始於兩年前，首支單曲《Poisoned Candy（有毒的糖果）》在地下搖滾界推出後引起震撼，他以黑暗與毀滅爲風格的那把淒絕歌聲，就像疫症般迅速感染蔓延，其歌迷人口以女生爲核心，短時間內呈幾何級數增長。

藺的歌迷對偶像的崇拜與癡迷程度，即使在慣於大量生產偶像的日本社會亦屬空前。他們結成一個個緊密族群，除了一般的追捧活動外，更流行著各種自我殘虐的行爲，至今已造成兩宗死亡及十餘宗重傷入院事件。正如接受訪問的N子說：「只有在流血的時候，才能夠完全體會藺的詩歌。」

這股瘋狂氣氛，在每次名爲《地獄LIVE》的現場演出時更達到最高峰。多個教育及家長團體已經要求官方禁止藺的演出，但始終未有結果——第十四回《地獄LIVE》又將在本月二十日於新宿劇院區裡演出。

根據消息人士透露，禁止不果的原因具有經濟甚至政治因素，只因藺的音樂已儼然是一台會印鈔票的機器，自然涉及許多利益方。

媒體與社會人士的聲討則仍然持續不絕，有時事專欄作家更將歌迷的瘋狂崇拜風氣，命名之爲**「繭縛現象」**……

□

**晚上八時二十二分**

**新宿 THEATRE 內**

沒有人坐在椅上。

那具上吊的骷髏發出青綠螢光，在歌迷揮動下似乎真的活了起來，按著鼓聲的節奏在人們頭上手舞足蹈。它下方有另一件歌迷帶來的應援物：一個印著「MAYU FOREVER」發光字體的巨大紙牌，四邊圍滿了枯萎的玫瑰。

各色射燈如長長刀刃，切割著瀰漫場內的煙霧，映照出舞台上的佈景：中央是個巨大鐵籠，四面和頂上都圍繞帶刺的鐵絲。

吉他手和鼓手等已經在籠裡熱身，長髮的鼓手每次隨意打出一段節奏，歌迷就興奮得尖叫。

「太棒了！太棒了！我在作夢嗎？」真梨的眼角溢出淚水。她急忙從書包掏出附有攝影功能的行動電話，把鏡頭朝著下方，尋找最佳的角度。

她與拜諾恩高高站在場館上方一條燈光吊橋。拜諾恩俯視下面的情景，一臉肅然。

——這簡直就像宗教祭典。

「我還帶了拍立得來！待會我們要到後台去！我要跟繭合照，然後讓他在上面簽名！這次肯定讓同學妒忌得要死……」

「妳學校裡許多人都是他歌迷嗎？」拜諾恩托托墨鏡。會場內雖然昏暗，但對於擁有超人夜視能力的他，沒有任何細節逃得過他的眼睛。

「班上所有女生都是。她們現在大概全都在附近吧，買不到票的人也都會等在外頭。」

拜諾恩俯視劇院四周。場館比想像中小，根本容納不了外面那大票歌迷。外面許多人就像真梨，就算沒有買到門券，也要來沾染這場「祭典」的氣息。

「我看過報上說……」拜諾恩讀的是美國的報紙，繭的崛起早已引起外國媒體的興趣：「每次《地獄 LIVE》之後總有女孩子失蹤。」他瞧著真梨：「妳們不害怕嗎？」

真梨雙眼仍不離電話螢幕，表情有點不耐煩：「誰相信那些媒體炒作？只是成年人編的謊話。他們不想我們來聽繭唱歌。」

就在這一刻，場內所有燈光熄滅，只餘舞台上方正中央最大那道白色照射燈光。尖叫聲到達高峰。

鐵籠裡一面地底活門打開。一條瘦削的人影自地洞中緩緩昇上來。白得像透明的頭髮，赤裸的上身如剛發育男孩，皮膚滑得有如絲綢，在射燈下反射出光芒。黑沉如夜的長褲與皮靴。

最前面的歌迷失控了，如海浪般一湧而上。守在舞台前那列健碩的保全人員竭力阻擋著人潮，可還是有二、三十個女孩突破了防線，如湧向食物的昆蟲般爬上舞台，奔跑到鐵籠四周。

她們發出絕望又狂喜的叫聲，紛紛把手臂伸進鐵籠裡，試圖觸摸她們心目中的神祇。一條條年輕光滑的手臂，被鐵絲上的尖刺割得鮮血淋漓。

拜諾恩垂頭看看真梨的手臂。上面有淺色的斑駁傷痕。

鮮血沿著鐵絲滴落。

「我們當然也有害怕的事情。真正令我們害怕的，是那些整天在說謊的大人。」

拜諾恩俯視下方的奇妙情景。紛濺的鮮血。

繭那形狀優美的薄唇笑了起來。他在鐵籠裡繞一圈，伸出手接下每一個歌迷呈獻的鮮血。他把掌上的鮮血往自己臉上和胸前塗抹，畫成一圈又一圈詭異的符號圖騰。

最後他把手指伸往嘴巴，以舌頭舔了一下，閉目仰首，發出滿足的嘆息。

墨鏡底下，拜諾恩的眼睛瞪大，洋溢著一股興奮。

**獵人看見獵物時的興奮。**

真梨按下行動電話的拍攝鍵，捕捉這既病態又美麗的時刻。繭出場後她反而情緒比較平靜，像夢囈般繼續喃喃說：

「每個人都有些東西會讓他害怕的吧？大人也一樣。他們都害怕繭。因為相比他們的謊言，繭的音樂太真實了。」

□

「繭的狀態非常好啊。」這語音帶點含混不清，很明顯口腔或牙齒天生有毛病。說話的兔幸五郎是個長相醜陋的矮子，穿著一件剪裁古怪的皮草大衣，令他看來像一隻動物。最令人印像深刻是他的嘴巴；上唇中央缺了一大片，露出兩隻形狀不規則的發黃門牙。

「嗯。」回應的羊津京子交疊著腿，坐在器材控制室中央。她身上的高級洋裝散發著濃烈香水味。深刻的乳溝上方是一條閃爍的紅寶石項鍊，鍊飾造型是半個破裂心形。金絲眼鏡底下的臉有著濃厚的化妝，令人難以斷定她的年齡是在三十或四十代。

「今晚必定很精采。」羊津繼續說。「賓客都到齊了嗎？」

「讓我看看……」站在另一頭的犬道晉也拿起掛在牆壁上的記事板，細閱上面那份名單。犬道比兔幸高不了多少，裹著黑色長袖襯衫的軀體卻明顯比兔幸健碩。「摩列科好像還沒回來。」

「也許他找到好吃的獵物，還在忘形享受著。」兔幸獰笑。

羊津把視線從巨大玻璃窗移向控制台右側，那兒排列著十幾個小螢幕。是《地獄LIVE》工作人員臨時架設的保全攝像機。

她托托鏡片，把注意力放在其中一個螢幕上。

「這男人也在邀請之列嗎？」羊津把臉貼近一些細看：「我好像沒見過他。」

負責指揮保安的犬道看看那螢幕，立時確定出那是拍攝場館的哪一個位置。他走到玻璃窗前，運用他的超常視力往那邊聚焦。

是在十七號射燈吊橋上。穿黑大衣的男人，身旁還有個女學生。

「我也見到了。」兔幸站在犬道身旁說，他伸出舌頭舔舔門牙：「我過去看一下。」

□

「你看來有些神經緊張啊。」真梨這才分神，看看拜諾恩的臉：「好像在準備幹甚麼重要事情似的。你不喜歡搖滾樂嗎？」

「喜歡。」拜諾恩回答時沒有笑容。「我倒沒妳這麼幸運。我最喜歡的那個搖滾歌星，在我兩、三歲時就死了。我是在許久之後才開始迷上他的。」

「那麼你從來沒有機會現場聽他的聲音嗎？」

拜諾恩回想過去，苦笑著沒有回答。

——不，我有聽過。

——是他死後唱的歌。

「這樣真是可憐啊。」真梨說著，又把視線投回下方舞台。鐵籠裡的繭，身上已然畫下更多血腥圖騰。「你知道嗎？繭從來都不進錄音室。」

「那麼他的唱片……」

「全部都是現場表演錄音。還有，每一回《地獄 LIVE》都是全新創作，絕對不重唱過去的詩歌。」

「那就是說：每首歌他一生中只公開唱一次嗎？」拜諾恩有點意外。這種對藝術的堅持，與流行音樂產業格格不入。

真梨神往地猛力點頭：「而每首詩歌，我們一生也只得一次機會在現場聽他唱。這不是很教人興奮的事嗎？一生只有一次的東西啊！不是比甚麼都真實嗎？」

「那麼他的歌聲告訴了你甚麼事實？」

「他在說：**我們總有一天都要死去。**」

□

保全人員終於把攀附在鐵籠的最後一個歌迷帶走，台下的尖叫也漸漸平復。籠裡的樂隊開始奏起節拍。

和一般搖滾音樂會不同，開場的只是一首和緩的敘事曲，而並非要把聽眾的熱情燒起來的強勁節奏。

歌德搖滾味的吉他獨奏，如孤魂在黑夜中鳴叫。

然後藺握起麥克風。

《*The Day The World Went Away*》

*When all the Birds Drowned in the Silver Bay*（當所有鳥兒都溺死在銀色的海灣）
*When the Smoke Signal went into Outer Space*（當狼煙的信號升上了外太空）
*Nobody would Remember*（沒有人會記得）
*The Day the World Went Away...*（世界逝去的那一天……）

藺的歌聲一響起來，拜諾恩的臉色變了。

一股洶湧澎湃的感動。久已遺忘。

□

幾天之後，當拜諾恩回想這一夜的情景時，他在日記裡這麼寫：

「這是我第一次聽見藺的歌聲。那感覺出乎意料地震撼我。原本以為他只是那種故作驚世駭俗的虛假偶像，是為了騙少女零用錢而生產出來的廉價商品。

他的歌聲就像真梨說，很真實。裡面有股近乎絕望的情感。這情感對我來說，毫不陌生。

我馬上聽出來，這個傢伙跟我生活在同一個『世界』裡。

一個普通人沒有見過的黑暗世界。

舞台下的少女仍在尖叫，不斷呼喊著繭的名字。她們迷戀的大概只是他的美麗軀殼吧？他的歌聲所要表達的東西，我很懷疑她們當中有多少人真能聽明白？」

□

真梨側首瞧瞧拜諾恩，發現他聽得神往的模樣。她自豪地笑起來。

拜諾恩取下墨鏡，想更清楚地觀看繭唱歌的模樣。

繭閉著眼睛，白髮與身體彷彿在發光，雙手握著麥克風的姿態，猶如一個溺水的人抱著最後一片浮木。

*When the Blood Dripped off the Rusted Blade*（當鮮血從發鏽刃鋒滴下來）

*When the Bible was Torn off another Page*（當聖經被撕去另一頁）

*Nobody would Realize*（沒有人會知道）

*The Day the World Went Away...*（世界逝去的那一天……）

正當沉醉在悲傷的情緒時，拜諾恩忽爾感覺腦袋深處像被尖針刺了一下。

——危險。

真梨流著淚在細聽藴的詩歌，突然感到身旁掠起一陣風。吊橋並未搖動。她看過去。

拜諾恩就這樣憑空消失。

而他原來所站的位置，橋板上釘著一枚閃閃發亮的八角星形忍者飛鏢。

「怎麼了？……」

她沒看見：在頭頂高處，如蛛網般交錯的電線之上，兩個男人像雜技團的走鋼索高手一樣站立對峙。

「這裡除了工作人員以外，禁止進入。」兔幸五郎猙獰笑著，以蹩腳的英語說。「你是誰？」

「是嗎？但是我身上帶著這個啊。」拜諾恩以十字架匕首貫穿著《地獄 LIVE》的後台通行證，朝兔幸展示。

兔幸的笑容收起了。「這個東西，我們只發給特別邀請的客人。你從哪裡弄來的？」

「你們那位客人生病了。因此我代替他來。」

「他有甚麼病？」

「沒甚麼。」拜諾恩咧齒微笑，伸出手指劃過頸項。「只是他的頭有點痛，還有……」

又伸手指指胸口。「心臟病。」

兔幸暴怒，臉容瞬間扭曲，兩支門牙變得更長更尖。他當然聽得明白拜諾恩話裡的意思。

——對方是獵人！

兔幸發出尖銳嘶叫，沿著電線朝拜諾恩奔跑，就如走在平地上，展示出驚人的平衡力。

兔幸急奔時雙臂像忽然縮短，收進那件皮革外衣裡。拜諾恩看出這是攻擊的先兆，凝神注視對方胸口。

果然在接近到不足三碼的一刻，兔幸胸前射出三道銀光。拜諾恩迅速往上跳躍，閃躲射來的兵器。

兔幸笑了。他發射「手裡劍」飛鏢，目的就是要讓拜諾恩跳起。兔幸也馬上蹬踏電線，迎著拜諾恩在半空的身影跳過去，躍得比拜諾恩更快更高。

——即使在吸血鬼裡，兔幸的跳躍力也屬非同尋常。空中戰本來就是他的強項。

兔幸的左臂從那件厚厚皮革裡伸出來，掌中握著一柄塗上不反光黑色物料的日式短刀，直取拜諾恩胸口。

拜諾恩人在半空，卻竟然能加速旋轉，右手從大衣內拔出了一把東西往橫揮斬。

兔幸感覺到手上刀柄的劇烈衝擊，同時聽到金屬交錯的銳音。

那衝擊力傳達上他全身，令他不由自主往後飄飛，好不容易才控制住，踏在交錯的電線網上。

拜諾恩也順著揮斬的力量飄飛到反方向，以穿著皮靴的腳背勾住一條電線，整個人如蝙蝠倒吊，身體緩緩地搖晃。

他仍然微笑，只見手上握著的是柄鏤刻了惡鬼臉孔的鈎鐮刀。

「這絕不是人類的力量……」兔幸切齒：「但你不是我們同類！你到底是甚麼？」

拜諾恩神態很悠閒，身體仍在左右搖晃：「你這個問題，過去我追殺的每一隻獵物幾乎都問過。」

兔幸更是暴怒，再次從電線上躍起。以人類作糧食、站在地球食物鏈最頂端的吸血鬼，竟被眼前這男人視為「獵物」，兔幸感到大受侮辱。

——我要把這男人的頭殼拿下來作杯子！

拜諾恩也作出反應，同樣再次飛起來。

兩人的身影在場館上空交錯了好幾次，每次都傳出金屬猛擊聲。

下方的舞台音樂已變急激，蓋過了上方的戰鬥聲浪。

「新宿 THEATRE」裡無人察覺這場奇異的戰鬥正在他們頭上進行。不止因為他們倆處於高過舞台燈光的黑暗裡，也因他們飛躍移動之快，已然超過人類肉眼所能清楚捕捉，即使換在白晝，人們也只可能看見兩團模糊的影子。

鈎鐮刀與短刀，第六次在空中交擊。

眨眼即逝的星火。

*When will I Hear from You again?*（何時我會再聽到你的消息？）

*Where had the White Dove Flown?*（白鴿飛往哪裡去了？）

*What is this Stuff Flowing in my Vein?*（在我靜脈裡流動的是甚麼？）

*Why are We still Breathing ?...*（我們為甚麼還在呼吸？……）

兔幸數次斬刺無功，開始從遠距離用飛鏢輔助攻勢。拜諾恩也從大衣內拔出火焰狀飛刀，還以顏色。

飛鏢把其中一條纜線割破。

短路爆閃的火花，映照兩人眼瞳。

兔幸在三條電線間反彈跳躍，蓄滿力量後朝拜諾恩作出最快的一次躍斬。

拜諾恩飛身過去迎接。

刀鋒交斬同時，兔幸空出的右手這次卻抓住拜諾恩肩膊，把自己拉近過去，張嘴向拜諾恩咽喉噬咬。

發黃的門牙將及頸項，拜諾恩左手及時掐著兔幸喉嚨，硬生生停住那咬噬。

兩人纏成一團扭打，開始向下墜落。

一大堆橫跨上空的電線，像網般把他們攔腰架著。

兔幸的利齒仍不離拜諾恩咽喉前兩吋。拜諾恩嗅到對方嘴巴發出的腥臭氣息。

拜諾恩的臉瞬間起了變化，像對方一樣凶惡，臉色比原來更蒼白，犬齒露了出來。

左手猛力緊捏。

兔幸的喉嚨發出肌肉破裂的聲音。

兔幸卻仍渾無所覺地掙扎著。只因吸血鬼並沒有痛覺。

拜諾恩發出野性的呼嚎。身體裡的吸血鬼因子在躍動。

他五指深陷進兔幸頸項的皮肉裡，把整片喉頸連同氣管和頸動脈硬生生扯斷出來！

兔幸的眼神裡充滿了不可置信。

拜諾恩收回血淋淋的手掌，從大衣內袋拔出十字架匕首。

電線終於因為無力抵受兩人的體重而斷裂，爆發另一叢燦爛的火花。

音樂進入最高潮。繭完全沉醉在幻夢般的世界裡，閉著眼睛唱出詩歌結句：

***Everybody Saw it on the TV Screen***（每個人從電視螢幕看見了）

***The day the World Away...***（世界逝去的那一天……）

火屑如煙花散落在鐵籠上。所有人仰頭觀看。

兔幸五郎被十字架匕首貫穿心臟的屍體，如受刑般纏著大綑電線落下來，垂吊在鐵籠上方來回搖晃，血污夾雜著火花，往舞台四處灑下。

歌迷以為這是《地獄 LIVE》製造的特殊效果，繼續忘形地舞蹈呼叫。

藺張開眼睛，仰頭向上看。

發現了藏身高處黑暗裡的拜諾恩。

兩人四目交視。

拜諾恩的臉很冰冷。

藺則在笑，露出兩支尖銳犬齒。

# 第三章
# 獵人之歌

**十月二十一日　凌晨一時三十六分**
**六本木區　「FAITH」舞廳**

位於大廈八樓頂層的「FAITH」迪斯可舞廳狹小得可怕。大概只有四分一個籃球場大小的場地，卻在這高峰時刻擠進近二百人，此外還要把酒吧櫃檯和ＤＪ的唱片機器容納在內。

人群與其說在跳舞，不如說只是在有限空間內擺動身體。

佔了半數以上的來客是高大的外國人，這在六本木區夜店是很正常的情景。他們令舞廳的空間又更狹窄了。

黏滿汗的肢體互相碰觸。抽菸的煙霧混雜著香薰與體味。小杯的龍舌蘭雞尾酒被一一仰頭吞下。到處可見有人肆無忌憚地嗑藥。

有七、八個穿著迷你短裙、化了厚妝的年輕本地女生，索性站在那Ｕ形酒吧檯上跳舞，毫不在乎地扭動腰肢，笑著享受下方投來眾多充滿慾望的眼光。在這種時刻，她們想像自己就是這座城市的主角。而站在下面的異國男人，都在思索著如何把她們嬌小的身軀弄上床。

升降機門打開。犬道晉也帶著兩個化妝成亡靈的少女，穿過舞廳的人群。犬道的手臂氣力異常大，撥開舞客時毫不費力。

一個六呎多高的健碩黑人被犬道推開，發怒狠狠盯著他。比黑人矮了兩個頭的犬道也馬上回視，目光瞬間壓倒對方。黑人驚慌地把視線投回吧檯上跳舞的女人。

那兩名少女露出興奮表情，繼續緊跟犬道前行。

三人排開稠密的人群，終於到達舞廳最後面一道門前，門旁有指紋辨識器。犬道把拇指按下去，那道厚重的門即朝內打開了一線。

內裡是個連著小客廳的套房，裝置了極佳的隔音設備，外面那急激的電子音樂，一關上門就幾乎完全消失，只剩下很輕很低沉的低音節拍震動。所有陳設以黑色為主，風格異常簡樸，卻處處看得出是最高級用品。

羊津京子坐在客廳的皮革沙發上，在她跟前的玻璃茶几放著一瓶已打開的紅酒和一只水晶杯，另外几上還放著數幀照片和一台筆記電腦。

沙發旁邊地毯上橫放著一件大東西，以黑布覆蓋著，似乎呈現一個人形。少女們看了一眼，無法肯定那是甚麼，卻不禁感到悚然。

後面睡房的木門只打開一條縫，裡面透出暗紅色燈光。

「就在裡面。」犬道指向睡房門：「進去吧。」

□

「妳們愛我嗎？」

藺的修長手指撫摸少女的臉頰，把上面灰黑的化妝弄花了。

他的動作，猶如主人在撫摸寵物。

少女們的臉因興奮而漲紅。左面那個閉著眼點頭：「嗯……」她害羞地握著藺的手掌。

另一個少女已經跪下來，抱著藺的大腿，輕吻他赤裸的雪白腹部。

藺的身體沒有移動。他俯視少女的眼神就像高高在上的神祇。「妳們為了滿足我，願意付出一切嗎？」

跪在地上那少女已經伸出舌，鑽到藺的肚臍：「嗯……我願意……」語音變得含糊。

藺的手掌滑落到她頸側。他略加施力，頸上動脈浮現了。他的眼瞳發光，注視著那動脈，彷彿能透視其中的血液細胞。

他露出俊美無瑕的笑容，一如在廣告照片裡那模樣。

「非常好。」

□

羊津京子撿起茶几上的照片。

它們是從保全攝像機的數位錄影帶裡擷取的定格影像：拜諾恩和真梨在吊橋上看演唱會時的情景。

犬道蹲在沙發旁，把那塊黑色的塑膠布掀開。兔幸的屍體發出濃烈的血腥氣，那被撕破的喉頸像是打開了第二張嘴巴，因為恐懼而作出無聲的驚叫。十字架匕首仍深陷他心胸處。

犬道憐惜地撫摸著兔幸的屍體，悲痛溢於形容。然而吸血鬼是無法哭泣的。

「頸與心臟……」犬道撫摸那匕首柄上的受難基督雕刻。「對方很清楚殺死我們的方法。」他把鼻子湊近兔幸的屍身用力地嗅：「有那男人的氣味。」

羊津仔細看著照片上拜諾恩的樣子。她托托鏡片說：「看來有關『獵人』的傳聞是真的……」

她把照片放回茶几，拿起半滿的酒杯淺嚐一口。「之前已經從其他人口中聽說過。摩列科兩天前也提起：最近出現了一個十分厲害的『獵人』——最初是在美國，然後陸續在其他幾處地方傳出有同伴被他幹掉了。」

「『獵人』嗎？」犬道哀傷地說。他撫著兔幸的臉：「我倆過去也殺過幾個啊。最初是在蝦夷的冰雪中。」

犬道回憶起與兔幸這段超過二百年的情誼。他們是愛侶，同為德川幕府豢養的忍者。男色當時並非禁忌，但忍者之間是不容許偷戀的，只可按照頭領的分配男女結合，為部族生育下一代。兩人受到公儀放逐與追殺，直至逃到蝦夷（北海道），得到了超人的能力與永恆的生命……

「不可能……」犬道繼續喃喃說。他拔出那柄銀匕首，仔細端詳上面雕刻的基督，眼中露出鄙夷神色。從前為幕府服務時，他跟兔幸曾緝捕誅殺無數「切支丹」（基督徒）的叛逆份子：「『獵人』再厲害，也只是人類而已。正面交鋒的話，兔幸按理不可能戰敗。」

「不，這個『獵人』不一樣。」羊津說：「據說他並不是人類，而是『達姆拜爾』。」

「甚麼？」

羊津打開筆記電腦，開啟一個先前已預載儲存的瀏覽畫面。那是個有關各國神話和民間傳說的網頁：

「根據斯拉夫地區的吉卜賽人傳說，男的吸血鬼（當地語稱吸血鬼為『穆洛』）擁有強烈性慾，並能令人類女性懷孕（東正教與穆斯林教士的家眷則免受此害），所誕下之吸血鬼與人類私生子，稱為『達姆拜爾』（Dhampir）。

「據說多數的『達姆拜爾』出生時全身無骨，身體如水母般柔軟，全皆夭折；僥倖正常成長的『達姆拜爾』則繼承了父親的各種超人能力，並且天生具有感應吸血鬼所在的異能，是**世上最強的吸血鬼獵人……**」

藺終於打開睡房門。他一臉醉酒般的滿足表情，用手背抹去嘴角處的血漬。從門縫可見，兩個少女赤裸臥在床上一動不動，連呼吸的起伏也沒有。

「我看見那個男人。」藺倚坐在沙發上：「就在他剛殺死兔幸後。」

羊津從旁摟住藺，兩人深深地接吻。羊津伸出舌頭，品嚐藺口腔內殘留的血腥。深吻了好一會後，羊津才把嘴唇移開，拿起几上的照片：「是這個人嗎？」

「就是他。」藺盯著照片上的拜諾恩，嘆息說：「他的眼神好悲哀啊。」

他把照片拋去，仰首閉上雙眼。「一半是吸血鬼，一半是人類。在那狹縫中，不容於任何一方……」

蘅從牆角拿起一把黑色的電吉他，沉醉地撥弄著。「難怪他的身影如此孤寂……啊，許多感覺正從血管湧上來……」

他再此閉起眼，手指開始加速。沒有插電的吉他發出低啞的樂音。

他張開嘴巴，隨意地哼著，聲音漸漸變成有意義的字詞：

*Tightened his Bootlace*（縛緊了靴帶）

*Sharpened his Blade*（磨利了刀刃）

*The Hunter Walked along and Prayed*（獵人邊走著邊禱告）

*For Tonight's Prey...*（祈求今夜的獵物……）

看著創作中的蘅，羊津不禁伸手撫弄他的白髮，神態像看著自己寵愛的孩子。

蘅唱到激動處，用力一掃弦線，整個人跪在地上，垂頭瞧著落在地上的照片。

「我要作一首很美的詩歌，獻給這位……」

蘅的眼睛欣賞著照片裡拜諾恩的模樣。

「……獵人。」

# 第四章
# 粉紅印象

**同日　凌晨二時十五分**
**新宿區　歌舞伎町　「粉紅印象」旅館**

真梨睜開眼睛時，首先看見的是自己。

她全身的倒影，出現在天花板那面大鏡子裡。

她還未完全清醒，無法判斷自己何以身在這樣的地方。

床十分柔軟。她的左肩側有團很溫暖的東西。真梨側過臉看看，是隻蜷伏的黑貓。

黑貓靈動的眼睛在瞧著她。她笑了，想伸手撫摸牠，才發現自己全身軟弱乏力。

房裡燈光很暗，帶著一層粉紅色。她看看四周。同樣是粉紅色的床單，心形的枕頭，床頭的几上整齊放著盒裝紙巾和保險套。

她開始清醒了一些。記憶漸漸回來了。

演唱會。繭。

站在那高處吊橋上。

古怪的外國男人，突然消失。

火花。

繭的歌聲……

「*The Day the World Went Away...*」

然後沒有了。

「怎會這樣？」想到這裡，真梨傷心地從床上坐起來。難得在現場看《地獄 LIVE》，結果卻只聽了一首歌。

就像個太過短促的美夢。她很想哭。

「我還想留在那裡……永遠留在那裡……」

「對不起。」聲音來自玻璃浴室門內：「那時候我必須馬上離開。把妳留在那裡太危險了。」浴室同時傳來水龍頭開啟的聲音。「我找到妳書包裡的學生手冊，想看看妳家在哪裡。但我不懂日文。只有帶妳回來。」

那道玻璃門蒙上了一層熱水的蒸氣，真梨只能夠看見裡面那個朦朧的身影。

她摸摸下身，檢查一下自己。並沒有被強暴或者迷姦的跡象。鬆一口氣後，真梨吃力地爬下那張軟綿綿的床，走到浴室前，往門裡探頭。

赤著上半身的拜諾恩背對她站在洗臉盆前，用水清潔著他的皮大衣。盆裡的水染成淡紅色。

真梨臉上溢滿不信任：「可是你帶了我來愛情旅館……現在是要我履行先前的承諾嗎？」

拜諾恩微微側首，看了她一眼。

「我本來就住在這裡。出入只要付帳就行，不用看見任何人，比較方便一些。」

「方便甚麼……」真梨說著才發現，浴室的地磚上排列著許多明晃晃的利器：雕刻著鬼臉、柄末連著長鐵鍊的鈎鐮刀；帶著基督受難像的匕首；又厚又寬像柄短斧的異國彎刀；一具硬皮革縫製手套，五個指頭各伸出尖長的刀刃，根本就像恐怖電影裡的道具；還有許多短小的火焰狀飛刀和長釘。

真梨再看看拜諾恩的背影，那蒼白高大的身軀比她想像中要瘦削，一看姿態就是很慣於孤獨的模樣。

——不會是碰上變態的殺人魔吧？……

「不用害怕。」拜諾恩看穿她所想：「我馬上就清潔好。之後送妳回家。」他頓一頓又說：「我們以後都不會再見面。我不希望把妳牽涉進我的『世界』。」

真梨又察看房間四周，發現自己的書包好端端地放在沙發上。她走過去打開來，所有東西都齊全，行動電話也放在裡面，仍然運作中。

真梨比較寬心了。假如拜諾恩真是罪犯，絕不會讓她拿回電話。

「你不用急著送我。我不是說過嗎？我今晚不回家。」她坐到沙發上。那隻黑貓輕輕踱了過來。她把牠擁在懷裡，牠也順服地坐在她腿上。

真梨失笑：「哈哈，帶著寵物來住愛情酒店的男人。」

「他叫波波夫。」拜諾恩從浴室出來，從地上一角拖出個很大的黑色皮囊，從裡面掏出一件白襯衫穿上。「妳的英語說得這麼好，在日本很少有啊。我來了三天，感覺像突然變得又聾又啞。」

真梨漫不經意地把玩著行動電話，瀏覽剛才在演唱會拍的照片：「因為父親工作的關係，我六歲以前都住在舊金山（三藩市）。」

「這麼久以前的事……現在按理應該忘了大半吧？」

「當然。但是我最近又努力學起來。」

「我知道。」拜諾恩扣好襯衫，走到床頭几前，從一堆雜物中拿起銅鑄的十字架項鍊掛在頸上。「是為了理解繭所寫的……『詩歌』吧？」

「最初確實是為了他。」真梨終於從電話裡挑選到最喜歡的一幀照片。雖然有點模糊，但裡面繭的搖晃的身姿像在跳舞。很美的構圖。

她連上了「Poisoned Minds」——東京都地區最大的繭歌迷會——的 i-mode〔註〕網頁，把照片上傳過去。

她把電話收回書包裡，又繼續說：「可是自從上了英語學校後，許多童年時在美國的記憶又回來了。」她手肘支在穿著泡泡長襪的腿上，雙掌托著下巴，神往地回想：「我記得美國的一切都很廣大，有許多空間，四處走也沒有人理會你。那裡的空氣就像格外地輕……我在想，假如我學好英語，將來也許可以再回去那裡，離開這個狗屎國家。」

「妳討厭這裡？」

「討厭得要死。」真梨說時神情並沒有很激動，好像在說著些甚麼常識：「在地鐵裡，在擠得可怕的街上，每一眼看見的廣告和信息，都虛假得可怕，那根本就不像我活在日本，而是平行存在的另一個國家；電視裡那些社會評論員之類，每天批評我們年輕人，好像所有問題都因為我們而發生：沒有好好讀書啦，沒有努力工作啦，沒有禮儀和道德啦……道德？人人都知道，大人有錢就集體去東南亞貧國買春，或者找想買名牌包包的女學生。對呢，他們常罵年輕人愛用名牌。可是那些名牌是誰創造的？名牌賺的錢

註：i-mode 曾爲日本主流的行動電話上網服務，於二千年代下半達到高峰，有超過八千萬用戶，但一直無法推廣向日本以外，在市場漸被取代。將於二〇二六年停止營運。

裝進誰的口袋?年輕人付的『福澤諭吉』〔註〕有不一樣嗎?他們數著時心裡會特別覺得不好意思嗎?

「我的學校裡，兩年內有三個同學的爸爸被企業裁掉後，在車站跳軌自殺了。校長和老師卻每次都禁止我們在學校談論，然後繼續每天講升學率，卻不說那三個爸爸以前就是名牌大學畢業生。還有欺凌，每個老師都知道，每個都天天裝作沒看見。因為他們怕麻煩。

「全都是謊話。每日都是謊話。聽了就想嘔。要不是有繭，我簡直想死掉算了。」

拜諾恩沉默著。對這個國家的情況他所知不多，也不能很輕率就對真梨說「美國其實也一樣啊」。

——一定有些事情發生過，令這個少女如此不信任「大人」。

「聽你口音，你是美國人吧?」真梨走近拜諾恩逗著他說：「不如你帶我走吧?」

她的視線落在茶几上，發現了一件東西。俯身把它拿起起來。

「我沒猜錯。」真梨揚揚手上那本美國護照，翻起來看看，發現裡面打滿不同國家的出入境蓋章，又夾著幾種簽證。

「你到過這麼多地方？真羨慕。」她翻到身分資料那一頁：「……尼古拉斯・麥堅利……哈哈，我終於知道你的名字了。」

可是她再細看看護照上的照片。雖然也是個黑髮的白種男性，但與拜諾恩的樣子並不相像。她露出無比失望的神情：「甚麼？原來又是假的……」

身為ＦＢＩ通緝榜前列上的屠殺案嫌犯，拜諾恩當然不可能使用真名字到處走。這本偽造的護照是他很廉價買來，為免丟失了讓人看到他的樣子，特別不用自己的照片，叫對方換個只有五、六成像他的男人。「不要管我怎麼使用，我自有方法。」拜諾恩當時對那個芝加哥的黑幫傢伙這樣說。

只要運用「達姆拜爾」強大的催眠暗示能力，拜諾恩就算拿著這樣的「道具」，也能在海關輕易通行無阻，從來沒有遇過查問。

但這些他當然都無法向真梨解釋。

拜諾恩本來就不應該把自己的名字向個萍水相逢的女孩透露。但是聽了剛才真梨一番說話後，他有點被打動，忍不住說：

註：「福澤諭吉」是一萬日元鈔票的代名詞，因爲鈔上印著這位日本啟蒙思想家的頭像。二〇二四年發行的新鈔已改爲近代日本經濟之父澀澤榮一。

「那些出過境章和簽證全是真的。我真的去過這麼多地方。

「我真的叫尼古拉斯。尼古拉斯・拜諾恩。不過妳最好馬上忘了它。」

一點虛影晃過。下一刻，護照突然就回到拜諾恩手上，真梨完全看不清發生甚麼，也毫無所覺。

——他是魔術師嗎？

她看著他雙眼，淺淺褐色的眼瞳十分深沉，她的意識像是被漸漸吸進去……

拜諾恩別過臉，她馬上恢復清醒。

「噢，我明白了，為甚麼離開《地獄 LIVE》時的事情都不記得。你把我催眠了嗎？」

拜諾恩的精神力如此強大，令真梨又有點害怕。

「對不起。其實我討厭這樣做。」拜諾恩抱歉地說：「只是剛才有危險。我只能用最直接的方法，讓妳跟著我離開。」

「你到底是甚麼人？」

「我不可以告訴妳。」拜諾恩撫摸胸前十字架：「我說過了，不想把妳帶進我所在的『世界』。」

「你甚麼都不說，那好吧……」真梨鼓著腮，回身挽起書包：「既然又不用履行承諾跟你睡，我這就回家啦。」

她走到沙發前，撫摸一下波波夫的頭頸。拜諾恩沒有說一句話。雖然他說過要送她回家，但現在似乎已經被她討厭，他也不好再開口。

——雖然是有點擔心……但是讓她再跟我多待在一起，說不定其實一樣地危險。就此分手可能是好事。

波波夫以友善的叫聲回應真梨。

——會養著這麼可愛的貓兒，按道理應該不是很壞的人吧？……

真梨回頭看拜諾恩，覺得自己耍這些脾氣其實有點不該。她只是剛相識的陌生人，他原本就沒有任何義務透露關於自己的事情。假護照又不是用來騙我，是騙政府的人啊。這某程度算得上是反體制，跟藺的理念算是差不多吧？

——而且他還是把真名告訴了我。我這麼對他好像有點過分……

「多謝你帶我進場。」真梨恢復和顏悅色，向拜諾恩鞠躬道謝。「雖然只是很短時間。」

拜諾恩對日本人這種禮法有點不習慣，因此也沒回應甚麼。「末班車早就沒有了，妳要怎麼回家？」

「這裡仍是新宿吧？走路。大概兩個鐘頭。」

拜諾恩掏出張一張萬日圓鈔票，塞進真梨手掌：「坐計程車。」

真梨猶疑了一下，就把鈔票收起來。她笑著說：「這樣收錢，真的好像援助交際呢。」這句裡「援助交際」這個詞，她用了日語，拜諾恩聽不懂是甚麼。

她打開房門，卻又回頭說：「多謝你。」

「多謝我甚麼？」

「你沒有向我說謊。」真梨的表情很認真：「雖然許多事情你都不願意向我解釋，但是你也沒有胡亂編一堆謊話來打發我。會這樣對待我的大人很少。感謝。」

房門關上後，拜諾恩坐到沙發。房間裡回復寂靜。他感到有股淡淡失落。

——大概是因為太久沒有跟別人正常對話吧？

最初他成為獵人，是為了尋求方法排除自己遺傳的吸血鬼因子，變回一個正常人類，然後回到慧娜身邊。

但拜諾恩現在不時都懷疑：這條狩獵之路走得越久，是不是只令我距離「正常」更遙遠？……

他回到浴室，撿起地上的彎刀，用布巾抹乾刃上水漬。

清潔中他偶爾抬頭，看著鏡裡的自己。

深陷的眼圈，蒼白的臉頰，亂生的鬍碴。

——至少，我仍然算是人類……

# 第五章
# Poisoned Minds

**同日　清晨五時二十分**
**六本木區「FAITH」舞廳**

「終於出現了。」

羊津京子抽著細長的薄荷香菸，電腦螢幕光芒穿透了煙霧，映射在她的眼鏡片上。

「Poisoned Minds」的公式網頁。昨夜《地獄LIVE第XIV回》裡歌迷拍攝的現場照片，數以百計地從四方八面逐一上傳上來。

——就是這個。

有一幅居高臨下地捕捉了繭的姿態，肯定就是從那燈光吊橋上俯視拍攝的。

照片底下的提供者署名是：「真」。

羊津微笑。繭的歌迷族群有如狂熱教派一樣緊密，只要有這個網名，加上保全錄影的照片，天亮後大概幾個小時內，就能夠追查到這個少女的身分和資料。

「犬道，準備一下。」羊津把菸捺熄：「要讓那傢伙知道『獵物』的可怕。」

**同日　中午十二時零五分**
**世田谷區　望月邸**

秋田犬小福拚命地咬著乾糧，牙齒發出互相磨擦的聲音。

「對不起啊，小福。」穿著印花睡衣的真梨蹲在後院地上，輕撫愛犬的頭頂：「昨晚我太遲回來了，馬上就倒在床上，忘了讓你吃飯。」

她揉揉還沒完全睡醒的眼睛，又說：「在這間屋裡，就只有我記得餵你吃。」她說著回到屋內。客廳空盪盪靜得可以。母親已經外出。

——這麼早，又去了找那個男人嗎？……

客廳裡擱著一套父親的高爾夫球棒。這是他的第二套，新買的那套現在已經帶出去打球。除了上班工作，他的生命裡現在就好像只有這玩意。真梨禁不住抽出一根球棒，想用來砸爛客廳裡些甚麼，卻一下子洩了氣，把球棒丟到沙發。

今日是星期天，她不用上學。可是就算要上她也懶得去。她知道沒人會在乎——反正長期拒絕到校的同學就有好幾個。她偶爾蹺課已經算好了。父母每次去學校開會，嘴裡都說很關心真梨的學業。但每天的忽略，才是他們的真實想法。那些話只是為了體面而說的。

只要是父母都不在時，她倒不討厭留在家。一個人很輕鬆，而且甚麼需要的家裡都有。父母各自都會給她零用錢。那是他們的贖罪券。

真梨走進廚房，櫃子和冰箱裡塞滿了速食品。她打開一瓶冰牛奶，大大喝了口。廚具潔淨得發亮。她已經忘了多久沒有三個人在家一起吃飯。半點也不懷念。簡直就是一種拷問——看著兩個大人互相裝作不知道對方的外遇，還在她面前假裝恭恭敬敬。他們以為她不知道。謊話都寫在臉上。

回到睡房後她開啟桌上電腦。瀏覽器首頁當然就是「Poisoned Minds」的公式頁。她查看自己上傳的那幀照片。點擊人次一千零四十三。還不錯。

窗戶外傳來小福的吠叫聲。牠想找我玩嗎？再等一會。

真梨想起一件事情來，馬上打開個新視窗，在 Google 搜尋器鍵入「尼古拉斯・拜諾恩」這名字。因為只是用聽的，她嘗試了幾個拼法。

終於她找到了真正想找的拜諾恩資料。

排在搜尋結果首位的，是美國聯邦調查局的通緝名單連結。真梨的眼睛訝異地瞪大著。

滑鼠指標移動到那連結上，開出另一視窗，拜諾恩數年前的照片赫然就彈出來。頭髮比現在短得多，臉也比較飽滿，鬍鬚刮得乾淨，穿著筆挺的西裝。

真梨用這名字陸續找到相關報導。

**「……一九九七年亞利桑那州漢密爾頓市多重謀殺案嫌疑犯（死者共九人），至今在逃。」**

**「高度危險人物。前特勤局人員及刑警。熟悉槍械、近身搏鬥、追蹤及反追蹤技術。無精神異常記錄……」**

「這太驚人了……」真梨的聲音在顫抖，一半因為恐懼，另一半是興奮。這種人物彷佛只存在於電視劇或新聞裡。而她卻睡過他的床……

「果然是個殺人魔呢！看見那些刀我就應該知道。他是怎麼逃到日本來的？拿著那樣的假護照，帶著那麼大堆刀子，竟然還能夠坐飛機嗎？」

然而真梨回想起拜諾恩那雙眼睛。還有自己的意識曾經像被它們吸進去的感覺。

——如果他能令我在一無所知的情況下，從「新宿 THEATRE」自動跟著他走上愛情旅館，那麼他能夠做到甚麼事情也不奇怪吧？

真梨完全沒有想過要報警告發拜諾恩。警察對她而言討厭死了，每次《地獄 LIVE》都出現在外頭，好像他們在做甚麼大壞事。

更何況昨晚拜諾恩好像也成為藟的歌迷了。

——連這麼可怕的殺人犯也被藟的詩歌感動，藟知道了一定會很高興啊！但他會不會突然發狂去找藟麻煩？好像很危險……

她瞧著螢幕上那幀照片，與昨夜拜諾恩的印象對照。第一眼看就知道是個不普通的男人。但真梨怎也無法想像他是個瘋狂殺人的傢伙。

——這種瘋子應該都是很自我中心的。但昨晚他很有耐性聽我說那麼多話。

「還是說，應該把這事情在聊天室上報告？她們大概不會相信吧？……」真梨喃喃自語，繼續細讀著拜諾恩的檔案。

身後房門傳來聲響。是小福急不及待上來嗎？父母雖然嚴禁小福踏進屋裡，真梨還是常常趁他們不在就抱牠到睡房玩。

「小福，再等一等。」真梨沒有回頭，仍在閱讀檔案文字。

「小福已經跟我玩夠了。」男人的聲音。

真梨的身體在椅子上彈跳起來。她惶然回頭。

她看見小福的頭顱像一頂帽般，被這個矮壯男人戴在頭上，狗血沿著男人的臉滴下來。

「望月真梨，名字對吧？」犬道晉也笑起來也像條狗。「我有事情要問妳。」

# 第六章
# 貓眼

**同日　晚上九時三十二分**
**新宿區　歌舞伎町　「粉紅印象」旅館**

掀開厚重的窗簾，拜諾恩俯視下面街道景色。無數閃動的霓虹招牌。人頭如浪地聳動。一切活動都如此緊湊地壓縮在一起，所有感官信息顯得更密集，沒有一點喘息的空間。

他開始有點明白，真梨為何說自己渴望離開這裡。

可是身為過客的拜諾恩反倒覺得新鮮。一切東西都比美國的小兩個碼。同樣是精心設計的資本主義領土，東京彷彿比其他發達國家都市都經過多一層的包裝，所有事物以最洗練的一面示人，有時讓人感覺猶如生活在舞台佈景裡，別有一種奇異趣味。

——別再想了。你在這裡不是遊客。

**——你甚至不屬於任何地方。**

拜諾恩早就與凡界的一切脫節。自從第一次遇上吸血鬼，他的同僚全部在那次事件裡遭殘殺，他則因為微妙的原因當上代罪羔羊，自此成為只能夠活在暗影下的逃犯。

然而這還不是他最大的不幸。更可怕的詛咒，存在於他的血液中。

拜諾恩穿起大衣，把各種兵刃收藏妥當。

是狩獵的時候了。

吸血鬼並非如傳說般不可接觸陽光，只是在日間能力會大幅減弱。而身為「達姆拜爾」、擁有一半吸血鬼因子的拜諾恩，也有這樣的習性。當然日光對「達姆拜爾」的影響比起對吸血鬼小，但是拜諾恩仍是常常選擇在夜間出動，首要原因是黑夜讓他比較容易隱密移動，避開人人群以至執法人員的干擾——吸血鬼獵人面對的障礙往往不止來自吸血鬼，也源於人類社會。

吸血鬼在黑夜裡雖然力量比較強，但由於他們活躍於黑夜，拜諾恩要找出他們所在，花的功夫也少得多。而且相比在日間，吸血鬼反倒會因為自信而放鬆警戒，這對拜諾恩是有利的條件。

「波波夫。」拜諾恩一招手，黑貓馬上應聲竄上主人肩膊，躲進他的衣襟。

這次可能要用上追蹤術。波波夫並不是普通的貓，牠與拜諾恩一樣，也天生具有從母親遺傳得來的探知吸血鬼能力，常常在狩獵裡給予拜諾恩很大幫助。

踏出房門瞬間，拜諾恩卻有異樣的預感。

他把五感大大張開。

並沒有吸血鬼的氣味。是太多心了嗎？但是……

——是聲音。太靜了。即使在隔音良好的旅館走廊，這也很不尋常。

再在走廊前進三步，發覺越來越不對勁。

第四步。似乎足部碰上了甚麼。

一條細得幾乎肉眼看不見的鋼絲。

背後傳來強勁破風聲——

拜諾恩險險閃身向左，躲過那枚碳素纖維製造的短箭。箭矢繼續飛射，直貫進前面粉紅色的走廊牆壁裡。

同時因為這一閃避，拜諾恩又觸動另外兩根鋼絲。

兩支短箭這次從前後雙方同時勁射而來。

拜諾恩不敢再做大動作，只是側身低頭。後面來的那箭從他頭上掠過了，前方的箭卻命中他右上臂。羽毛箭桿在彈顫。

拜諾恩咬著牙強忍聲息。他捂著傷口，這才發現左掌也在流血——是剛才碰上鋼絲造成的。鋼絲如此細，本身就鋒利如刀片，沒有掉幾根指頭已經很幸運。

拜諾恩站在原地不敢移動。如果只是握著弓弩的敵人，他只要注視對方的動態，反而容易閃躲；但現在面對的是無聲無息、自動發射的機關，又無法預知射來方向，實在沒信心完全避開。

拜諾恩把心神集中於加強視覺聚焦，看見了縱橫佈置在走廊裡那二、三十根鋼絲。他感覺猶如一隻落在蛛網中央的飛蛾。

再望向走廊前方，他無法看出弩箭發射的器具所在，敵人的陷阱偽裝隱藏得非常出色。

「終於出來了嗎？」前方七步外的走廊轉角，傳來一把聲音，似乎嘴巴上有東西蒙著：「等你很久了。我有太充裕的時間。才問了兩次，那個女孩就馬上供出這個地點，我的拷問功夫都派不上用場。」

拜諾恩閉上眼一會，告訴自己要冷靜，暫時不能去想真梨的事。

——是我害了她。

無論如何壓抑，這痛苦的念頭還是浮了上來。

吸血鬼會因為自信而輕率，拜諾恩同樣犯了這個錯誤。只因他狩獵的手段越來越熟練，累計的獵物多了起來，讓他變得不夠謹慎。假如是從前當特勤局特工或者開私人保安公司時，他絕不會這樣，一定先作最壞打算，找個地方暫時把真梨藏起來。

但是現在不管怎樣後悔也沒用。過去的訓練在他心裡烙下了這樣的戒條：無論任何心理衝擊都要先放一邊，解決眼前的問題後再說。

拜諾恩一直害怕，吸血鬼因子有天會令他失去人性變得麻木。

但是在戰鬥裡，這種麻木是必要的。

倚在轉角後牆壁的犬道晉也笑了幾聲，才把防毒面罩脫下來。他全身都包裹在橡膠潛水衣裡。這是拜諾恩出門時沒法察覺他吸血鬼氣味的原因。

犬道手上拿著張小巧弓箭，有點像小孩玩具，但他曾用這把弓射殺蝦夷野熊。

「怎麼樣？被『獵物』反過來狩獵，是甚麼滋味？今次希望哪個部位中箭？手？腿？還是心臟？」

拜諾恩沒有回答。他右手悄悄從腰間拔出廓爾喀彎刀，左手則穿戴上刀爪手套。他細看走廊間鋼絲的分佈，同時留意著犬道的說話，從聲音推斷犬道在彎角後面的確實位置。

可是太困難了。走廊各處都是木門，那邊有大量回音。

波波夫在他大衣裡動了一下。

他想到了個方法。

「你就繼續站在那裡不動吧。」犬道挑釁著：「那個叫真梨的女孩可等不了。」

拜諾恩沒有理會他，繼續注視那些幼細鋼絲的分佈，終於找出了中間一條安全通道。

但是這通道太小了。一個六呎高的男人，無論如何屈曲身體都不可能鑽過去。

但是一隻貓能夠。

拜諾恩把手掌按在波波夫頭上，以意念傳達了擬定的戰術。

波波夫馬上會意。牠從拜諾恩懷裡竄出，正確無誤地循著主人目中所見那條通道，飛快奔過鋼絲之間——

——到達走廊轉角。

亮如水晶的貓眼，盯視著犬道晉也。

犬道看見黑貓出現，一時大感意外。

——幹甚麼？……

拜諾恩閉起雙眼，透過遙距的感應，接收愛貓的視覺訊息。

——吸血鬼或者「達姆拜爾」的讀心異能並非無限，一般情況之下，其實無法在這麼短瞬間就隔遠與他人腦袋接通；此刻拜諾恩之所以做得到是有許多條件配合：他與波波夫本身就長期契合，而且剛剛已經預先做好準備；旅館走廊很狹窄而且密閉，更是完全寧靜，先排除了大部分感官干擾；直觀的視覺訊息，並不複雜，而且只需要傳送短暫一刻。

**透過波波夫的眼睛，拜諾恩「看見」了犬道所在。**

他強忍著手臂受傷的痛楚，把手上的廓爾喀彎刀揮出去。

彎刀就像一把回力鏢，循著弧形軌跡飛行，巧妙繞過彎角。

犬道發出慘叫。

拜諾恩沒有停下來——這是他的唯一機會。他狂奔向前，左手「刀爪」五枚利刃來回揮舞。

鋼絲接連斷裂，發出清脆聲音。

即使如此還是無法完全破解所有機關，拜諾恩衝出那段走廊時，身上又多添兩枚短箭，一支射進背項，另一支在右腹側。他的臉頰也被鋼絲深深割了一記。

但只要活下來就足夠。他站在蹲伏地上的犬道跟前，俯視著他。一條被彎刀斬斷的血淋淋手臂掉在旁邊。

犬道仍是沒有投降。他左手握弓，用牙齒咬著弦線，發出最後一箭，直射拜諾恩左眼——

箭只是貫穿了拜諾恩拋到空中的刀爪皮革。

拜諾恩右衣袖滑出一柄十字架匕首。他迅疾欺前，刃鋒直取犬道的心臟。

犬道用左手短弓擋架——

拜諾恩這一刺只是虛擊。他的左手把犬道揚起的獨臂按住了。

然後匕首才真正作出攻擊。

犬道勉力扭身。

匕首一進一出，帶出一道血柱。

犬道雙腿猛蹬向拜諾恩小腹，把他整個人向後踢飛。自己也乘著反向的力量翻滾逃走。

拜諾恩也耗損了許多力氣，半跪在染滿鮮血的地毯上，沒有再立刻追擊犬道。

他垂頭看看倚在腳邊的波波夫。

——幸好有你在啊，夥伴。

# 第七章
# 地獄之火

**同日**
**晚上十時十分**
**六本木區　「FAITH」舞廳**

吉普車停在大廈後面的暗巷。駕駛的犬道晉也把車頭燈關掉，才終於可以吁一口氣。

他從車雜物櫃內拿出柄折刀，割開身上潛水衣。首要是檢查胸口創傷。那柄十字架匕首只差半吋就刺中心臟，犬道及時扭身避開了要害。他用手指探探傷口，深處已經開始在癒合。

犬道又察看被砍斷的右臂。切口在肘彎往上一點，原本還露出森森白骨，如今傷口已經被新生的血肉包攏起來。只是骨頭的重生比皮肉緩慢許多，要真的重新長出胳臂，恐怕還得等兩、三天。可惜沒來得及把斷臂取走，如果直接拿來接上去，會減少很多痊癒時間。

這就是吸血鬼偉大的力量。

犬道知道要盡快找「食物」，手臂才會及時長回來。

之後當然就是復仇。下一次他確信絕對不會再失敗。以革藤流忍者之名立誓。

他身上要同時發動這麼多部位的自癒機能，消耗甚大，令犬道此刻感覺虛弱。現在這副德性不能走正門了。他從車廂後座找來一件黑皮夾克，披在身上遮掩斷臂，下了車登上大廈的逃生階梯。

守在八樓逃生門的保全人員當然認得犬道。他們見他竟然如此狼狽，不敢多問——在繭身邊工作，他們早就習慣對許多古怪可疑的事情視而不見。

雖然已經是星期天晚上，但「FAITH」這家店實在太受歡迎，依舊像昨晚一樣擁擠。不知疲倦為何的「派對動物」，抓住這週末假日的最後時光，在酒精和電子樂催激下扭動身體。吧檯上如同每夜，站滿了嬌媚的性感女生在跳舞。

犬道排開人群走著，突然感覺有目光在背後盯著自己。

來自剛剛打開的電梯門。

裡面步出來的，只有一個男人。

犬道全身毛髮瞬間豎起。

他馬上明白了：「獵人」的匕首，是故意刺歪的。

沒有比跟蹤著負傷逃走的獵物，更容易找出其巢穴的方法。

恐懼、羞愧與憤怒同時在犬道腦裡交織。

他往舞廳最深處那道門逃跑。然而實在太擠了，四周全是人——他視作糧食的人類。

——低等的東西，別擋在我前面！

一個英國白種男的頸骨被扭斷，身體頹然崩倒。

犬道瘋狂的吼叫，被強勁的重低音蓋過。他繼續前進，左手又插進一個黑人美軍的肋骨間。

拜諾恩眼看著前頭的犬道正在肆意殺人，但是擋在他們之間是近百個沉醉在音樂、酒精和毒品裡的男女，不管他如何呼喊警告，怎樣用力推擠人群，也是寸步維艱。

第三個人倒下。四周實在太過擠迫，加上那不斷閃滅轉動的燈光影響了視線，一時沒有人發現慘劇的進行。

除了站在吧檯上那些年輕女生。她們居高臨下，看見了鮮血飛濺。舞蹈頓時僵住了，她們臉色煞白，驚呼著跺腳，卻因為下面太過擁擠而一時無法跳下去逃走，被迫留在上面繼續看著死者增加的慘狀。十幾隻高跟鞋在桌面上猛踏。

下面觀看的人，還以為這是她們的甚麼新舞步，仍然笑著欣賞，一時沒有發現她們的恐懼。

瞬間又再增加第四個死者。屍體旁邊一個男人正舉起酒杯要喝，忽然有一件異物掉進了杯裡。

帶著血肉的眼球，在酒裡半浮沉。

驚恐的呼叫。

恐懼從一個感染另一個，二人變成四人、八人……終於在人群裡廣泛散佈。

人群如潮湧往逃生門。他們不足一分鐘已經全數擠了出去外頭的樓梯，沒有發生踐踏的慘劇簡直是奇蹟。

音樂還在播放，舞廳內卻已像變成鬼域。地上到處都是丟失的鞋子雜物和碎裂的玻璃杯。四具倒臥的屍體。

兩個對峙的男人。

拜諾恩看著地上的死者，眼神悲哀，緩緩拔出了廓爾喀彎刀。

「這是無意義的殺戮。」拜諾恩說：「何必？你明知道逃不了。」

「你忘記了我是甚麼嗎？」犬道失笑，臉容放鬆了下來。似乎已經接受了自己的命運。「人類在我眼中只是食物。你會為切開一塊牛排而感到歉疚嗎？」

拜諾恩無語。

犬道瞧著拜諾恩的臉。上面被鋼絲割破的傷口早已癒合消失了。「沒錯，你果然就是傳說中的那個『獵人』。『達姆拜爾』。我們的半個同類。但是我不明白，為甚麼你選擇站在低等的人類那邊？為甚麼不來跟我們一起享受狂喜？」

「沒有特別的原因。」拜諾恩那嘲弄的笑容，被舞廳的顏色燈光映照在銀白刀鋒上。「只因為我憎惡你們。**我人生中失去的一切，都是拜你們所賜。**」

□

喝得半醉的羊津京子懶洋洋地躺在沙發。她只穿著一件薄薄的絲綢睡袍，成熟豐滿的軀體曲線完全呈現。

聽到電子指紋門鎖打開的聲音，她半張著眼，漫不經意地說：「回來了嗎？有沒有把『獵人』的頭顱帶回來？」

從門口出現的確實是拜諾恩的頭——而且好端端地連在身上。

羊津瞬間清醒。

拜諾恩拋去了手上的「鑰匙」——犬道的斷掌。他全速朝羊津撲過去，彎刀斬向她頸項——

——慢著！不對勁！

拜諾恩瞬間察覺，羊津的眼睛毫無反應，視線並沒有跟隨他的攻擊——她根本看不見我的動作。

刀刃在羊津的頸側皮膚前停住。

拜諾恩感到背脊在冒冷汗。

「妳不是吸血鬼！」她身上濃重的吸血鬼氣味，並不是屬於本人的。

「對。」羊津這時才看見已然及身的刃鋒，卻顯得毫無畏懼，從沙發上坐起來，替自己的杯添酒。

「為甚麼？妳和繭不是……他沒有給妳永恆的生命嗎？」

「是我拒絕了。」羊津啜了口酒。

拜諾恩收回刀。他察看房間四周。沒有繭的蹤影。

「我和繭同年。我們是青梅竹馬的戀人。」羊津嘆息著說：「我們在三歲時就認識。媒體查不出丁點我們的過去，你知道是甚麼原因嗎？因為我們的父母並不是普通人。」

「他們是『赤軍』的同志——也就是恐怖份子啦。三十多年前幹下了襲擊駐日美軍的事件，然後帶著我們投奔東德，受那邊的友好組織庇護，取得了新身分。幾年後卻在一次製造炸彈的意外裡死光了。

「我們的少年時代都在東柏林渡過。二十年前，他在那個冷酷的城市得到了『黑色洗禮』，成為吸血鬼。他一直想把我也變成同類。『這樣會更加快樂。』他常常這麼說。但是我拒絕了。

「我才不要永生。我要他記著，有一天會失去我。」羊津京子的語氣裡有一股濃濃的倦怠：「這樣他才會珍惜我，才會繼續愛我——我以為是這樣。

「但是我錯了。從他的身體變化那天開始。他的心也變了。他根本不會再真心愛任何人。除了他自己。

「也許我不能怪他。創作偉大藝術的人都是這樣，他們需要活在另一個世界。一個只有自己的世界。」

「那個女生呢？她在哪？」拜諾恩焦急地問，沒有耐性再聽羊津這些「悲慘」的故事。

「一切都結束了……」羊津卻似乎聽不見拜諾恩的話：「結束了……」她拿起玻璃茶几上一個黑色小型遙控器，按下了鈕。

房間和外面舞廳各處「轟」地爆起火花，十幾處火頭同時熊熊燃燒。

——這是羊津為了緊急時毀滅罪證的「最後手段」。現在卻成了自殺的工具。

數秒後，天花板上的自動灑水器噴發。但是經過計算製造的火焰甚猛。火勢迅速蔓延到了酒吧。成排的烈酒被燒得爆出藍焰。

渾身被灑水淋濕的拜諾恩，透過濃煙看著羊津京子。她眼裡了無求生意志。

雖然不是吸血鬼，她也已經不懂得哭泣。

# 第八章 鎮魂歌

*Under the Shade of the Fruitless Tree*（在無法結果實的樹蔭下）

*He Cried the Tearless Cry*（他無淚地哭泣）

*For Eternity*（直至永遠）

繭用那柄曾貫穿兔幸五郎心臟的十字架匕首，在自己的身上劃下了這些歌詞。血珠在字母之下滲出。剛「寫」完沒有多久，傷口又癒合，文字消失無蹤。

**肉體就是他的白紙。詩句卻如轉瞬消失的朝露。**

他仰首瞧向秋季的天空。東京太光亮了。他要運用吸血鬼的強大視力，才能看見星星。

——好美。

他感受到下方傳來的火焰熱力，當中夾雜著各種東西燒焦的氣味，包括了人體。

——是地獄之火啊。位於東京空中的地獄。

靈感源源湧來，繭再次提起匕首，又想在身上寫字，但卻又停了手。

「你終於來了嗎？『獵人』。」

拜諾恩登上天台時雖是毫無聲息，繭還是感覺到他已站在自己背後。

拜諾恩把已昏迷的羊津京子放到地上：「你為甚麼不逃走？」

「有用嗎？」繭的笑容仍然如少年般純真。「被你盯上了，逃到哪裡也一樣。」

「那麼你是準備在這裡跟我了斷嗎？」拜諾恩架起戰鬥的姿勢。

「不。」繭的答案令拜諾恩感到意外：「我是個創造者。我不懂得戰鬥。」

「有件事情我覺得很奇怪。」拜諾恩撥撥濕髮：「你那兩個『同類』，他們都是很強的怪物，而且很明顯是你的先輩。為何他們會成為你的隨從？」

「原因很簡單啊。他們都被我的詩歌感動了。」繭把玩著匕首：「我的作品真的很偉大吧？連本已死亡的靈魂也能夠感動……」

想起昨夜聽到繭的演出，拜諾恩心裡不得不同意。

「你手上那女孩呢？她在哪裡？」拜諾恩的語氣變得緊張：「她對你已經沒有任何價值了吧？」

繭沒有回答，卻指向腳邊一個紙箱。

紙箱的角落滲出血水。箱子很小，大概只放得下一個人的頭顱。

一團火自拜諾恩脊椎升起來。握著彎刀的手突露青筋。

「你感到憤怒嗎？還是因為連累了這個少女而慚愧？」繭咧開嘴巴，兩支尖長的獠牙很潔白。「沒有這個必要。她很幸福啊。她的生命已經成為我的詩歌的一部分，永遠留存在這個世界上。」

「你不是創造者。」拜諾恩切齒說：「你只是個毀滅者。你和你們所有吸血鬼都是。」

「多麼幼稚的想法啊。世上有甚麼偉大的創造，背後是沒有任何犧牲的？令人驚嘆的埃及金字塔和中國長城，為了建造它們死了多少人？年月逝去之後，這些死亡都被遺忘了。留下的只是那些壯麗傑作。還有人們不斷的讚美。」

繭眺望東京市那片霓虹與燈光的海洋：「我確實是吸飲別人的鮮血以生存，但是我的詩歌同時把生命賦予更多人！相比之下，那些庸俗的偶像，還有操縱了媒體、不斷生產大量精神垃圾的傢伙，不是比我更惡劣嗎？我不過殺死了幾個人的肉體；他們卻殺死無數人的靈魂。」

「你跟他們有分別嗎？」拜諾恩的反駁裡帶著劇烈的憎惡。「那些歌迷，那些瘋狂崇拜你的少女，你以為她們真的聽得懂你的歌嗎？她們只是一知半解地崇拜那股黑暗，和迷戀你的美麗軀殼而已。」

「這是一時的現象。正如我剛才說：年月逝去之後，一切都將淨化。其時人們自會了解我的偉大。」

蘍把手上的十字架匕首拋給拜諾恩：「來吧，來完成我的宿命。」

拜諾恩伸手接住匕首，一步步走近蘍。蘍的身姿就像匕首柄上雕刻的受難基督，閉目張開雙手，袒露著瘦削但形狀優美的胸膛。

拜諾恩站到蘍跟前，把匕首的刃尖對準蘍的心臟位置。

銀色劍刃突破了皮膚。

蘍的俊美臉容扭曲。不是因為痛楚——吸血鬼並沒有痛覺——而是因為生命力逐漸消失。

「死亡的感覺就是這樣的嗎？終於也親身體會了……你知道嗎？我在五歲的時候就看見死亡。不是一般那種啊，而是很痛苦的死法。是我的父親在拷問叛徒。我從頭到尾都看完了。被拷問的人，那種無邊的絕望，很可怕；因為可怕，所以很美。

「這種美埋藏在我心裡很多年了，我卻一直找不到表達的方法。成為吸血鬼之後，每一次吸噬，那澎湃的美感就在我心裡壯大。我想把它說出來，但是不會有人明白。

「直到柏林圍牆倒下，我第一次聽見搖滾樂。我找到了。**我的心找到了聲音。**」

他全身皮膚多處同時綻裂。一個個血痕文字再次浮現。新與舊的歌詞重疊，變成一堆淋漓創口，無法閱讀。

他心臟部位四周的傷口，突然冒出了千百條細絲，緊緊纏著拜諾恩握刃的手腕。拜諾恩感覺到一股強大抗力，腕骨劇痛欲裂。

——繭本人雖然放棄了生存的意念，但是吸血鬼肉體那強烈求生本能，並不受他控制。

絲線越生越長，開始往上爬到拜諾恩前臂。

拜諾恩咬著牙，力量全灌注在手臂上，把匕首緩緩逐吋推進去。

繭哼出一段旋律，然後說：「是我為你作的《獵人之歌》。可惜沒有機會完成……」他睜開雙眼直視拜諾恩：「你……多麼可笑啊。『達姆拜爾』，吸血鬼獵人。你如此拚命捕獵我們，是為了從黑暗中拯救人類嗎？很可笑。人的靈魂根本就拒絕救贖。他們本來就渴求墮落……」

匕首終於完全貫穿了繭的心臟，絲線的捲纏力量隨之消失，軟軟地脫離拜諾恩的手臂。

繭的身體完全靜止，卻仍然維持那十字形的站立姿勢。

拜諾恩放開刀柄，站在繭面前沉默著。

繭的歌聲。還有他最後的話語，在他腦海裡迴響不散。

他第一次在成功狩獵之後，心頭卻泛起如此深刻的失落感。

十月二十二日

《今日新聞》

**繭・失蹤!!**

**迪斯可舞廳五人死亡火災　經理人遭拘押**

……根據警視廳發表，災場發現的五具屍體經驗屍官初步檢定皆非繭本人。官方如此迅速公開驗屍初步結果，估計是為了防止繭的歌迷族群爆發恐慌或自殺風潮。

另外警視廳仍未證實，是否以縱火嫌疑正式起訴經理人羊津京子。據醫院方面消息，羊津處於異常之精神狀態，恐怕短期內無法提供任何證詞……

十一月六日　下午三時十分

澀谷區 POWER　RECORDS 唱片店

離開收銀櫃檯後，拜諾恩緊握著手上的唱片，聽著店內重覆播放繭的歌聲。

新發売!!
**繭MAYU** 地獄 LIVE 第XIV回

CD2枚組 **¥5,800**

*CD1*
*1. The Day the World Went Away*
*2. Angel in a Mirror*
*3. Kill Me Twice*
*4. Out-of-body Experience*
*5. Mind Control*

*CD2*
*1. Life in Sodom & Gomorrah*
*2. Rest in Peace*
*3.Metal Hell*
*4. Heart Explosion*
*5. The Day the World Went Away (reprise)*

***Everybody Saw it on the TV Screen The Day the World Went Away……***

他步向唱片店出口。經過新發賣的唱片專櫃時，繭赫然就站在廊道上迎接他。

是個原寸大紙板人形。

拜諾恩凝視紙板上的臉。繭的微笑，像再一次在嘲弄他。

踏出自動門，迎接拜諾恩的是萬人湧動的澀谷十字街頭。

**他的身影在人叢中，一如以往地孤寂。**

在他身後的唱片店玻璃櫥窗，原本向內展示的「LIVE」膠貼字反轉了，驟眼看好像變成：

**EVIL**

【吸血鬼獵人日誌】特別篇《地獄鎮魂歌》完

# 《地獄鎮魂歌》原版後記

一般來說我很少在後記裡對該本小說加以解說。我認為一部作品若不能完全傳達本身所欲傳達的信息，而要靠其他文字來補充，作者可說已經失敗；然而關於這本書的緣起實在有點特別，有必要說明一下（特別是向一直有看《吸血鬼獵人日誌》系列的讀友）。

在大約三年前，我和鐵道館出版社已經有意把《吸血鬼獵人日誌》漫畫化，但是並非做直接的改編，而是另外創作一個情節比較簡約、以影像表達為主的獨立篇章，故事場景也因而選擇了漫畫讀者較熟悉的東京。

當時由我的好友袁建滔執筆，創作了《地獄鎮魂歌》這個短篇故事的大綱，我負責寫作劇本；後來因為種種緣故，漫畫計畫長期擱置，那個大綱與完成了約三分一的劇本，一直靜靜睡在我家的電腦硬碟裡，直到現在才得以用小說的方式重見天日。

這本「特別篇」以跟前作截然不同的形式印行，另外加上許多附錄設定資料，其實也是繼承了當初漫畫化的目的：一本讓人較容易進入《吸血鬼獵人日誌》世界的入門書，以沒有看過系列前作的新讀者為主要對象。

因此嚴格來說，《地獄鎮魂歌》並不算是《吸》的最新一集，故事內容和主系列關係並不密切，也沒有插入主系列的時序內（大概應該是發生在《殺人鬼繪卷》前後？），希望老讀者們不會感覺受騙。就把它當作拜諾恩的冒險旅程裡的一段小插曲吧。

倒是要對拜諾恩先生說幾句：上次在《華麗妖殺團》的後記裡，明明說好要讓你休息了，忽然又要你老人家「出山」一陣子，很是抱歉。

喬靖夫

二〇〇四年十二月五日

# 吸血鬼獵人日誌
# JOURNAL OF THE VAMPIRE HUNTER

---

## Book 3
## 殺人鬼繪卷
## *The Undead Killer*

# 一八八八年
# 倫敦

# 序章
# 殺人鬼登場

**八月三十一日　凌晨三時二十分**

**東端區**

瑪莉．安．妮歌爾絲（Mary Anne Nichols）打了個寒顫。她拉緊淺棕色的外套，盡量靠在白教堂路左旁步行，躲避那整夜沒停過的大雨。

在瑪莉的記憶裡，這是倫敦最寒冷、最潮濕的一個夏季。在這種天氣下，碼頭那邊卻接連發生了兩次火災。早前天空還被火光映得暗紅，現在又恢復一片漆黑，再也分不出頭頂上的究竟是積雲還是火場製造的煙霧。

瑪莉的眼珠佈滿紅絲——因為疲倦，也因為酒醉。今夜她已幹了三次，原本可以好好去廉價客棧安睡。可是三次賣春的錢都已變成肚裡的酒。

瑪莉踢著路上一塊凸起的石頭，幾乎仆倒，幸好及時扶著牆壁。她仰頭凝視煤氣街燈。

她記得小時候很喜歡看街道煤氣燈點亮的情景。因為聽了太多鬼故事的關係，那時候她很害怕黑暗，於是每天黃昏，她非得走到街上看點燈不可。只有看著整齊排列的燈光把街道角落照亮，小瑪莉才安心回家。

現在四十三歲的瑪莉，卻專挑最夜的時分，走在最暗的街道上。只有黑暗能夠掩飾她那頭已變灰的棕髮，和因為長期營養不良而失去五顆牙齒的嘴巴。只有在黑暗中，她仍然嬌媚的嗓音才能夠勾起嫖客的性慾。

她不再需要燈光。燈光只為仍然相信希望的人而存在。整個東端區的人，包括瑪莉，都已經忘記了甚麼叫希望。

東端區並不是倫敦的一部分。它是另一個國家。一個只有奴隸與罪犯的國家。酗酒、偷盜、行乞就是這國家的憲法。這個奇異國度只不過剛好座落在全世界最先進的城市裡而已。

瑪莉離開白教堂路，從狹小的橋樑越過鐵道，走到較寬闊的杜爾華街。看來她今夜的運氣耗盡了，還沒遇上半個人影。這麼冷的雨夜，她可不想睡在街頭。

經過巴克斯巷的路口時，她習慣地朝裡面張望，心裡並不抱甚麼期待。

瑪莉停下腳步。她看見巴克斯巷裡好像有人影。巷道太暗了。兩旁的兩層小屋沒有半扇亮燈的窗。唯一的光源，就是瑪莉所站巷口處那盞煤氣燈。

瑪莉再仔細看看。確實有個人，戴著一頂紳士禮帽。

瑪莉脫下軟帽，整理一下濕髮，再把帽戴回去，又拍去外套上的水珠。其實這些都不必要。這麼黑暗的巷道裡，對方只能夠用手代替眼睛——這正是瑪莉所渴望的。

「先生……」瑪莉手掌扶著牆壁，小心地走進暗巷，慢慢向那男人接近。她盡量把聲音放輕，好使自己顯得年輕些：「……要找樂子嗎？」

瑪莉說得很直接。這個時間，這種天氣，這樣的地方，除了找流鶯，沒有其他可能。

男人並沒回答，只把臉轉過來，身體卻一動不動。

「先生，只要五便士……」瑪莉走到男人跟前。平日她只收兩、三便士，甚至只要一條麵包。但是面前這個男人有點不同。他的衣服沒有透出汗臭，而且舉止十分沉靜，看來不是住這區的人。

瑪莉已在盤算：有了五便士，可以再去喝一杯，然後才去客棧睡個好覺……

——今夜我的好運似乎還沒花光呢……

男人仍然沒有回應。瑪莉不想錯過這生意。輕輕握住他左手，把他拉到牆邊。瑪莉發覺男人的手掌很冰冷。

「來，讓我給你一點溫暖……」她把男人的手掌放到自己臉頰上，接著把裙裾拉高。冷風吹拂裸裎的下體。她極力忍耐。

那隻手掌，在瑪莉的臉頰上來回撫摸。

「怎麼樣？再摸低一些也可以……可是真幹之前得先付錢……」

瑪莉突然有種奇異感覺：對方正在凝視自己。在這種黑暗裡應該不可能。

男人的手沿著瑪莉的臉滑下，停留在她喉頸。

瑪莉頸項的皮膚感覺到：男人手指好像在漸漸變長。

她害怕地放開裙裾，雙手舉起來，欲抓住男人手臂。這是她一生中最後一個動作。

□

據《泰晤士報》報導，瑪莉．安．妮歌爾絲的屍體多處被殘酷切割：從左耳以下約一吋的頸側處開始直至右顎骨，一道全長八吋的刀口把喉頸完全割破；下腹部左、右兩邊皆有切割傷口，呈鋸齒狀，而且深及內臟；右腹側由肋骨底下至骨盆之間被破開；子宮被刺傷兩處……

□

瑪莉．安．妮歌爾絲被殺八天後（九月八日）的早上六時，在距離巴克斯巷不足半哩的漢巴利街二十九號，發現了另一具屍體，喉頸被切割至幾乎身首分離，腹部同樣被切開，小腸被掏出擺放在屍體外。法醫斷定凶器異常鋒利，刃身狹窄，約六至八吋長。

第二死者身分確定為安妮．查普蔓（Annie Chapman），與瑪莉．安．妮歌爾絲互不認識，唯一相似之處是同樣賣春為生。

蘇格蘭警場與倫敦市警察知道：他們面對的是一隻前所未見的怪物。

□

九月二十七日，中央新聞社收到一封日期九月二十五日、疑為凶手親筆的信函。

信末署名：**開膛手傑克**（**Jack the Ripper**）。

## 一九九九年 倫敦

# 第一章

## N．拜諾恩之日記 I

十二月十八日

那是十分熟悉的風景。我卻無法想起它的名字，也無法確定自己過去是否曾經到過這地方。

寧靜晴朗的下午。在沒有半絲雲的明澄天空下，草坡反射著陽光。我站在山坡高處向下眺望。粗石砌造的矮牆連結成縱橫線，把遼闊的草坡分割成一個個巨大的、不規則的長方形。矮牆只高及膝蓋，恐怕已有好幾百年的歷史，但仍然堅實。我不了解建起這些矮牆的作用，大概是用作分隔耕種的區域吧。

草間的野花只有白色和黃色兩種。為甚麼呢？為甚麼沒有別的顏色……

我記得草坡上方應該有幾幢疏落屋子。可是我看不見。沒有牧牛。沒有狗。也沒有人。完全的寂靜。沒有蟲鳴聲。風也柔和得不帶聲音。

我嘗試在草坡上踏幾下。皮靴在長草之間發出輕微的磨擦聲。

我忽然想到：這裡並不是我記憶中到過的那地方，只像是按照那地方複製的一座原比例風景。

我為甚麼會在這裡？

「妳記得這是哪裡嗎？」我問站在身邊的慧娜。她微笑搖頭。

慧娜美極了——比我過去見過任何時候的她都要美麗。陽光穿過她薄如透明的白紗裙，讓我看見那纖細得令人心碎的身體。

啊，慧娜。

我伸出手，觸摸她的臉。那是我懷想已久的美妙觸感。柔軟而溫暖的皮膚，教我指頭震顫。

她沒有說話，也沒逃避我的手掌。可是我看見，她的微笑變得僵硬。

「慧娜，妳仍然害怕我嗎？不用怕。我永遠不會傷害妳……」

我的手順著她臉頰滑下，拈著她尖細的下巴。我把嘴巴湊向她桃紅的唇瓣。她的嘴唇微微開啟。我感覺到她吐出的暖氣吹動我的髭鬚。

我的手繼續滑下，想撫摸她肩膊，卻在她頸項上停住了。

為甚麼手不聽使喚？不行……

我無法控制自己的手。不，我甚至無法控制自己整個身體。

手指漸漸收緊，掐著慧娜的咽喉。她凝視著我。當中沒有怨恨，也沒有憐憫，只是冰冷的、毫無感情的凝視。

我感覺到慧娜的皮膚在我的手掌下迅速變冷。我想大叫，但沒法發出聲音。五根指頭繼續深陷進她喉頸皮膚裡。

慧娜最後一絲生命力，終於從我指縫間溜走，那優雅的唇再沒吐出氣息。我該死的手卻仍然不肯放開她的屍體。指爪的力量繼續違背我的意志漸漸加強。

最後是一種我十分熟悉的聲音——肌肉破裂的聲音。

當醒過來時，我發現胸前衣襟濕透了。起初還錯覺那就是慧娜的鮮血。是我自己的眼淚。

□

「Why don't you just go to the BLOODY HELL? You BLOOD BASTARD!」

昨天在繁忙街道上，一個流浪漢這樣咒罵。

當然他罵的並不是我，也不是街上任何一個人。他只是無意識地揮舞著啤酒罐，朝著空氣不斷重複這句話。

我卻久久無法擺脫它。

沒錯。我是個「Bloody Bastards」。

沐浴在血海裡、人類與怪物的私生子。

□

我把公寓窗簾撥開一角，朝下觀看。那個紅黃的「Fish & Chips」霓虹招牌一明一滅地霓光四射，好像聖誕樹上的裝飾。

我努力回想最後一個愉快的聖誕節是哪一年的事。我放棄了。

從沾滿雪和水珠的玻璃窗上，我看見自己的倒影。也許因為頭髮和鬍子太長，臉龐看來實在消瘦得不像話。可是沒辦法，根本提不起食慾。

要結束一切太簡單了。我有很多刀。需要的只是一個理由。

已經兩年了。期間只是一次又一次的殺戮。沒錯，獵殺的對象都已經不是人類；可是把仍然具有人類外貌的吸血鬼斬首、穿心和焚燒，依然是殺人的感覺。

至於令自己恢復為正常人類的方法，直到今天仍是毫無頭緒。好幾次為了生存而喝下人血後，我清楚感覺到身體裡的吸血鬼因子變得更活躍。我漸漸相信，自己只是個追逐影子的傻瓜。世上也許根本沒有那種方法。「達姆拜爾」註定要終生活在黑暗的詛咒下，最後變成父親的同類。

慧娜原本是我生存下去的最大理由。可是自從作過這麼可怕的夢後……我不知道。這幾天我一直在想：所謂瘋狂究竟是怎麼一回事？瘋狂的人知不知道自己是瘋子？

幸好還有波波夫在我身旁。每次撫摸牠時，總是能夠帶來安慰。最重要的是，牠半點不害怕我。

我絕不能讓波波夫離開身邊。因為我知道，在我墮落變成完全的吸血鬼之時，牠必定先感覺得到。那麼我就能夠及時結束自己的生命。波波夫是我靈魂的警鐘。

□

今天報紙頭版又無可避免被那傢伙佔據了。已經是第十二個受害者。他在打甚麼主意？他是甚麼東西？

「開膛手傑克二世」，很酷的外號。

# 第二章

## Good Boys go to Heaven, Bad Boys go to London.

### 十二月二十三日　晚上十時
### 倫敦市南瓦爾克區

尼古拉斯．拜諾恩騎著怪獸似吼叫的「哈利．大衛遜」機車，在鋪滿薄薄濕雪的南瓦爾克橋上疾馳。挾著微密雪雨的寒風，吹得他的黑皮大衣像蝠翼般朝後揚起。

拜諾恩從前不常騎機車，技術並不特別好。但今天的他已經不必練習，單是憑著「達姆拜爾」的驚人平衡力、敏銳的感官和高速的反應，就能輕鬆在濕滑道路上飆至最高速。

他瞧向左側。透過安全帽鏡片看過去，泰晤士河上泛起稀薄的夜霧。倫敦橋與更遠的塔橋，在雪霧中有如若隱若現的兩條龍。

拜諾恩覺得整個倫敦市都冷得在打顫——雖然明知只是路面顛簸與機車震動造成的感覺。

做過那個夢之後，拜諾恩就決定要離開陰鬱的冬季倫敦。今晚是最後一夜的狩獵。

轉變一下環境，也許能夠令情緒好轉過來。

越過橋後，拜諾恩往左進入公園街，再轉進聖湯姆斯街，到達倫敦橋火車站外的鬧市。他緩緩把機車停在一家已關門的書店前。

拜諾恩跨下機車，脫去安全帽。為了保暖和方便騎車，他用頭巾把長髮包裹起來。

他掃視一下仍亮著燈的書店櫥窗。近期的幾部精裝本暢銷小說，經店員精心排列正在櫥窗內展示著。

倫敦書店規模之大，數量之多，令拜諾恩對這城市存不無好感。要是在十幾年前還在夢想當作家時到倫敦來，必定愛死這個城市。現在的他卻很少再進書店。

尤其成為獵人之後，文學對他更像是失去意義。

反正是最後一夜，拜諾恩沒有把愛貓波波夫帶來。這麼寒冷的晚上太辛苦牠了。

他檢視帶來的兵刃。他輕裝上陣，只帶著六柄兼作飛刀用的銀匕首——兩柄在袖口內側，另外兩柄在大衣裡的暗袋，最後兩柄藏在左右靴筒。機車的引擎旁藏著一柄沒有鞘的劍——劍刃顏色和引擎零件相近，只有近距離仔細觀看才會發現。其餘的兵刃他都留了在公寓房間。

拜諾恩把頭巾脫下，圍在頸項上保暖，然後沿著商店街踱步，鑽進車站外的人潮。

拜諾恩直至最近才確定：原來在大城市裡狩獵吸血鬼反而比較容易。除了因為他們喜歡匿居在容易找犧牲品的城市，數量比較多之外，也因為吸血鬼的氣味就像病菌一樣，能夠經身體接觸遺留在人身上，而這個人也會攜帶著那種獨特氣息向其他人散播。拜諾恩只要順著這傳播關係作「逆追蹤」，最後就常常能夠找到吸血鬼的巢穴。他用這個方法已經在倫敦消滅了四隻吸血鬼。

這也令拜諾恩想起當紐約警探時的老日子，追蹤偵緝是當年每天的例行工作。

——假如當時我有現在這樣的能力，大概破案率要破紀錄了……

拜諾恩瞄瞄手錶。晚上十時四十五分。若是平日，街道早已變得冷清。但是現在不同，這是一九九九年的最後九天。整個倫敦都在逐天倒數二〇〇〇年的來臨。玩樂場所、餐廳和百貨公司都延長了營業時間。人群緊擠在道上，移動得很慢，像在互相取暖。

一家百貨公司外頭放置了巨大電視螢幕，是收費頻道的宣傳品。裡面正播放著時事評論節目，邀請了宗教人士、社會學家和歷史學者出席座談。主持人不厭其煩地向觀眾解釋：二〇〇〇年仍然屬於二十世紀，二〇〇一年才是廿一世紀的第一年，因為「世紀」是由「一」年而非「〇」年開始計算的，所以我們現在不是歡送二十世紀，而只是迎接二十世紀的最後一年。他說得煞有介事，好像這種細節非常重要似的。

歷史學者則提到，第一個千禧年將要結束時，許多人以為就是世界末日，於是變賣所有財產等待進天國，甚至自殺……

在倫敦，慶祝千禧年的中心並不在這裡。特拉法加廣場原是倫敦每年除夕的慶祝勝地，可是今年得讓位給座落於格林威治、將在除夕正式開幕的「千禧巨蛋」（Millennium Dome）。心中懷抱不同期望與焦慮的人群，成千上萬湧向法定國際時間的零時起始點，把那座周長一公里、高半公里的半透明圓拱建築幻想為碩大無朋的方舟，接載他們安然航向下一個千年。

有個穿著輪式溜冰鞋的黑人，沿著行人道外側迎面而來，頭上束著警察用來封鎖案發現場的藍色膠帶，這種天氣竟然只穿一件紅色的棉衣，上面用反光塗料印著一行字體：

「WHO IS JACK?」字體下面印著一柄手術刀圖案。

拜諾恩經過好幾間販賣紀念品的商店，都掛著這種式樣的衣服和飾物，數量足與印著大「M」字的千禧年紀念品匹敵。

「《Big Issue》！《Big Issue》！」一個流浪漢站在車站門外，揮舞著封面色彩豐富的雜誌叫賣。

拜諾恩看見封面頭條：「開膛手傑克回來了：這次他會收手嗎？」

昨天報紙刊登了第十三人遇害的新聞。死者同樣是妓女。

「開膛手傑克二世」就是拜諾恩到來倫敦的原因。不少吸血鬼肆虐時都會裝扮成心理異常的連續殺人狂。

——「開膛手傑克二世」殺人肢解的手法雖然兇殘，但他根據案情和現場描述判斷，這些死者並未被吸血。吸血鬼按理絕不會讓這麼多溫熱的鮮血浪費在雪上。

拜諾恩在雜誌上讀過這樣一篇讀者投書：「一如我們即將再臨的救世主耶穌基督，相隔百餘年二度現身的『開膛手傑克』正是撒旦的兒子，聖經所預言的『敵基督』。他趕在第二個千禧年結束前來臨，於暗街中揮舞邪惡的刀刃，目的是殺害另一位聖母瑪莉亞，阻止聖嬰再次降生。這是世界末日已近的最有力徵兆……」

——嗅到了。

在稠密的人叢中，汗味、香水味、汽車廢氣與商店暖氣系統排出的濁氣，加上緊張和興奮所產生的荷爾蒙味道，混合成一種節日獨有的氣息。

而在這氣息中，拜諾恩分辨出一絲淡淡的吸血鬼氣味。

——開始在倫敦的最後一次吧。

在這行人如游魚的情形下，拜諾恩不必特意尋找那攜帶著吸血鬼氣息的人。他只要辨別出帶著這氣味的人從哪邊來，再循著那方向前進就行。

果然，拜諾恩越往街道北面走去，那吸血鬼氣息便越明顯。

拜諾恩進入塔橋車站時皺眉。假如吸血鬼是在火車或地鐵內把氣息散播出去的話，那可就很難追蹤了。

不對。氣味來源仍在前面。拜諾恩穿過火車站，從北面出口離開。

甫踏出車站，拜諾恩就停步了。

他已找到吸血鬼氣息的來源，是座落在車站北鄰杜利街的「倫敦地牢」。

**同時**

**希斯羅機場**

德國護照上的姓名是于爾根・馮・巴度。

已經連續工作了五個小時，海關檢查員感到煩厭和疲倦。聖誕假期的旅客比平日多出十多倍。確定了護照的名字和號碼並不在電腦的可疑名單上之後，檢查員抬起頭，略瞄一瞄櫃檯前那個男子的樣貌，再對照護照上的彩色相片：微禿的額頭、細眼、鬆垮的下巴。是同一人。

「來工作嗎？」檢查員以公式的語氣問。

「是的。」

檢查員把入境印鑑蓋上。

馮．巴度離開了關口，以僵硬的動作慢慢步往洗手間。他的行李只有一個公事皮箱。馮．巴度進了洗手間最裡面廁格，把木板門輕輕關上。他合上馬桶座的蓋板坐在上面，一動不動地等待。

十多分鐘後，一雙皮靴踏著響亮的步伐進入洗手間，停在馮．巴度那廁格的外面，在門上輕輕敲了兩下。

「我來了。」穿皮靴的男人隔著門板說。

「虎之介呢？」馮．巴度問。他的嘴唇移動幅度很小，聲音變得含糊，有點像剛學會說話的幼童。

「他比你早一天到來，正在四處打探消息。」

「那傢伙真是的……你到停車場等我。」馮．巴度的怪異聲音中帶著命令語氣：「我要等一個適合的人進來。」

「好。」穿皮靴的男人匆忙離開。

□

一個穿著黑色皮夾克和牛仔褲，手裡挽著機車安全帽的青年進入洗手間。他把安全帽放在盥洗盆旁，細心地對著鏡子整理頭髮。

右後方傳來奇怪呻吟聲。

青年好奇地走到最裡面那廁格門前：「先生，你沒事吧？」

呻吟聲仍然繼續。

青年嘗試推一下板門，發覺並未鎖上。

把板門推開後，他看見了一生從未想像過的恐怖情景。

觸目都是猩紅色。

于爾根・馮・巴度的屍體在十四分鐘後被發現——雖然警方是在兩天後才確定其身分。

死者胸腹上有一道長達二十吋的破口，由鎖骨中央垂直延至下腹，皮肉被翻開，內臟全遭掏挖殆盡。現場並未發現內臟的任何殘渣，應該已被兇手取去。

警方仍未確定此案是否與「開膛手傑克二世」有關。

約十小時後，一名女士向警方報案：她的男友泰利・威克遜神秘失蹤。警察發現威克遜所駕駛的機車，仍遺留在希斯羅機場的停車場裡。

**同時**
**伊斯靈頓區　巴特街**

查爾斯．龍格雷隊長與三個倫敦市警刑事偵緝處的探員，跟隨老房東步上公寓的狹長階梯。

「我聽到貓叫聲……最初那個美國佬沒告訴我他養貓——不，或許他有告訴我，但我忘記了——反正我就是聽到貓叫聲……」老房東拾級步上時說：「我以為有野貓闖進來，心想他或許忘了關窗，於是用後備鑰匙把房間打開來……我……我看見裡面那些東西，覺得還是報警比較好。」

老房東走得太慢，令龍格雷感到不耐煩：「你確定他是在十一月二十日搬來的嗎？」

老房東遲疑了一會。「也許是二十二日……我再核對一下。」

公寓房間的正門打開。一團黑色東西在房裡閃過。三名探員立時靠到門口兩旁，伸手摸著腋下槍柄。

「別緊張。是貓。」龍格雷沒有任何防備地直走進陰暗房間。暖氣仍然開著，說明貓確是房間主人飼養的。

龍格雷把一盞壁燈亮起。「你們不用進來。太多指紋的話，蒐證人員要多花許多工夫。」

房間非常簡陋。床上的被單很凌亂。飯桌上堆滿速食品包裝紙和空酒瓶。盛著咖啡殘渣的紙杯旁散佈幾顆藥片，龍格雷一眼看出並不是毒品，而是頭痛藥。

盥洗盆前只有牙刷、牙膏、肥皂與一柄刮鬍刀。刀片用了最少兩個星期，帶著少許血跡。

然後龍格雷看見令老房東驚慌得報警的那些東西：其中一面牆壁，貼滿因為濕氣而微微捲曲的剪報。

「傑克二世捲起恐怖浪潮」、「冬季開膛手：人？怪物？」、「蘇格蘭警場加入調查傑克案」、「第十二名刀下亡魂：傑克這次會罷手嗎？」、「傑克二世：千禧年狂熱的產物？」……

龍格雷撫摸叢生的鬍鬚，微笑搖頭。這房間的狀況，跟他在市警總局裡的臨時辦公室有點相像——差別只是這裡的牆壁沒有貼著警方蒐證人員拍攝的照片。

龍格雷很想從口袋掏出菸斗來燃吸。但在這裡不行。他拿下眼鏡，用深藍色領帶把鏡片上的霧氣擦乾。

——難道就是這個美國佬？

「他隨時會回來。大衛，你跟房東到外面的汽車裡把風，一發現他回來就用對講機通知我們。」龍格雷下了命令後，繼續檢查房裡的東西。

龍格雷隸屬蘇格蘭警場。就應付心理異常暴力犯的經驗來說，全英國已找不出第二個。

自從被派到倫敦以後，龍格雷每天都最少接到上司三通電話，催促他務必在聖誕節前把「開膛手傑克二世」逮捕歸案。

毫無意義的命令。

為了避開記者跟蹤，龍格雷特意穿上最舊最髒的衣服，不刮鬍子，把自己裝成三流警探的模樣。就算市警總局內，也只有少數高級警官和一起辦案的探員知道他是蘇格蘭警場的人。

假使有記者逮上了他也問不出甚麼。他所知道的線索，根本比媒體多不了多少。他只能期待這個「開膛手傑克二世」不要停下來。

這當然不是作為執法者應有的想法。但是追緝精神異常的連續殺人犯，往往就是這麼一回事：只能夠等待他犯錯。

可是這傢伙沒有。無目擊者，無指紋，甚至沒有遺下凶器——甚至連法醫都至今仍無從確定「傑克二世」使用的是甚麼類型的刃器。恐怕是自行打造，不是市售品吧。

龍格雷一直想：這傢伙會像一百一十一年前的「老大哥」般，突然有天收手，並且就此消失嗎？

一八八八年那個恐怖的秋季，史上最有名的連續殺人魔「開膛手傑克」殺害了四至七個（也許還有更多）妓女後便銷聲匿跡，直至今天也沒有人能完全證實他的身分及動機。

一九九九年的「傑克二世」就跟「老大哥」一樣，每次犯案的手法都比前一次殘酷，給人覺得他似乎在學習如何肢解犧牲品……

第十三個──也就是最近一個受害者是二十八歲妓女蕾絲．柏格，外號「噗噗」（因為喜歡嚼口香糖）。龍格雷從警十九年來，這是花了最長時間檢視屍身的一次。

當時龍格雷的第一個感覺是：蕾絲的身體被整個「翻開」了，所有內臟──包括腦部──都置於皮膚外。切割頭蓋骨和肋骨理應花費許多時間，「傑克二世」卻能夠在沒有人發現的情況下，於布里特徑街道上從容行事。

從現場環境推斷，排除了凶手在別處殺人、肢解後移屍的可能性。陳屍處就是殺人現場。那兒距離牛津街鬧市才不到半公里，屍體被發現時仍有微溫。

殺人手法也跟百年前的初代「開膛手」相同：先把受害者勒至死亡或昏迷，然後一刀割斷咽喉──凶手的臂力十分驚人，其中三個死者就因為這一刀割得太深，整個頭顱都掉了下來──再逐步肢解。法醫從切割手法推斷，「傑克二世」跟前輩一樣也是左撇子。

當「開膛手傑克二世」這個稱號開始流傳時，龍格雷已猜到那些小報會創作出怎樣的故事。果然不久後，《太陽報》的頭條是：「傑克二世：百年前開膛手的輪迴再生？」

龍格雷認為這傢伙很大可能是個模仿者。就像UFO和甘迺迪總統遇刺案一樣，「開膛手」懸案發生後這一個世紀裡，漸漸衍生出「Ripperology」的專門研究。《開膛手完全手冊》、《開膛手之謎大破解》之類都成為暢銷書，解謎理論五花八門，甚至與英國皇室成員、共濟會（Freemason）等扯上關係；近年又發現了一個名為詹姆斯·梅布里克的男人百年前的秘密日記，內容坦承自己就是「開膛手傑克」。日記真偽還未被確定，已有人計劃把它改編成電影。也許有個很高智商但是腦筋又斷線的人，這類書看得太多，幻想自己就是「傑克」，或是決心繼續「開膛手」的「光榮事業」……龍格雷認為最大可能就是這麼一回事。

他歸納出來：凶手必然是個大塊頭，因為用刀切斷骨頭需要極大力氣；擁有自己的汽車作逃走用，因為作過這樣大幅的肢解「手術」後，凶手身上很難沒有血漬。他也許並非天生左撇子，只是純粹為了模仿初代「開膛手」而用左手；很大機會是白種人，因為所有受害妓女都是白種，而根據過往案例，連續殺人魔多數挑選與自己同一膚色的受害者，因為其殺人理由往往夾雜性幻想或性愛上的挫敗。

龍格雷卻只能分析到這個地步。蘇格蘭警場雖然擁有悠久傳統，但對付連續殺人犯的經驗比不上美國同行。他把所有資料送交美國聯邦調查局的行為科學組，藉助他們描繪出凶手的心理側寫（psychological profile）。他曾到過維珍尼亞州昆蒂科的ＦＢＩ學院作交流學習，在那邊有不少朋友。

不過龍格雷對此並不抱太大寄望。直覺告訴他，凶手還有某些特殊素質，令警方一直難以追查，至於那是甚麼，他直至目前還沒能解謎。

幸運卻似乎降臨了。這個謹慎的老房東，意外發現了這面貼滿剪報的牆壁。心理異常的罪犯，特別喜愛收集有關自己的報導，只因他們為自己的「傑作」深感驕傲。

龍格雷仔細察看房間內，盡量小心不要移動裡面的東西。

他突然想起那隻黑貓。他用舌頭發出聲音，想把貓兒引過來，但卻沒有動靜。

龍格雷俯身看看貓有沒有躲在床底，卻看見床下藏著一口黑色的皮革行囊。

他小心翼翼把行囊慢慢拉出來，行囊異常沉重，他感覺裡面似乎有金屬互相撞擊。這聲音令龍格雷心跳加速。他輕輕把行囊打開。

龍格雷在職業生涯中處理過無數凶器，但行囊裡收藏的這許多兵刃，他過去連聽也沒聽過。

唯一能辨認出的是一柄彎刀，樣式與英軍的尼泊爾傭兵團所用彎刀相同。

此外有一對雕刻著鬼臉的鉤鐮刀，不知為何刀柄連著長鐵鍊；一個大皮套內排滿二、三十支細小的飛刀和長釘，飛刀的刃身形狀像火焰；一只皮革縫成的手套，每根手指上都裝著長長利刃……

龍格雷又瞧見，行囊一角放置著個密封的半透明塑料袋，裡面裝滿赭紅色的液體。雖然還有待法醫化驗，但龍格雷一眼看出來，那是血。

「我的天！這瘋狂的混球……」

# 第三章
# 倫敦地牢

**同日**
**晚上十一時十分**
**「倫敦地牢」**

身穿鎖子甲的中古武士，一劍刺殺坎特伯里大主教比克特，鮮血潑灑他繡著十字架的雪白聖袍上；黑死病患者渾身腐肉與斑點，擠在小屋裡無聲地等待著死亡；問吊的死囚伸出猩紅舌頭，雙腿在半空中無意識地亂踢；斷頭臺的刀刃又一次落下，切斷路易十六世的尊貴頸項；被縛在木柱上接受火刑的殉教者，合十仰首作最後的祈禱；半浸浴在河裡、手足被枷鎖住的罪犯，不斷發出悲悽的呻吟；瓦拉特．卓古勒伯爵坐在貫穿著敵人屍身的尖柱之下，喝血慶祝勝利……

「倫敦地牢」（The London Dungeon），是除了「塔索夫人蠟像館」的恐怖屋之外，市內最受歡迎的恐怖主題遊覽點，於一九七五年由一座古老地牢改建而成。

拜諾恩跟隨其他遊客，在偌大而黑暗的地牢內前行。會移動和發聲的人偶，陳示著歐洲古代至近代各種暴行和酷刑。假扮成鬼怪的導遊不時從暗角處突然撲出，唬得女生驚叫，其他人則哄笑起來。

被英皇亨利八世指控通姦而遭處死的安妮皇后，她被砍落的頭顱在地上說話，訴說著自己的悲慘遭遇。那是用電腦全像投射技術製造的特效。

拜諾恩沒有看這些恐怖人偶一眼，只是專心搜尋著那股吸血鬼氣味的來源，漸漸遠離其他遊客。

——似乎是這裡。

拜諾恩推開一道幾乎看不見的暗門。曾經是保安專家的他並未掉以輕心，心中一直默記著之前走過的路向。

進入暗門後，拜諾恩置身一條陰暗狹小的維多利亞女王時代街道。

電燈泡的亮度被特意調暗，以偽裝成那個時代的煤氣街燈，地上遺留了一頁一八八八年的報紙（當然是複製品），標題是「白教堂路凶殺案」；破爛的玻璃窗被燻成黑色，屋與屋之間懸掛著十九世紀末式樣的女性褻衣。

「這裡是『開膛手傑克館』。」一陣女聲從角落傳來：「對不起，因為近來的凶案，這裡已暫停開放。」

從陰暗街角出現的是個女巫打扮的女子。

拜諾恩仔細端詳這「巫女」的樣貌：不知是化妝還是天生膚色，她的臉蒼白如雪，塗成灰鉛色的唇瓣薄而細長，藍得透明的眼睛中，蘊藏著妖媚的光采，與黑色假髮和一襲黑低胸長裙很合襯。

——就是她。濃濃的吸血鬼氣味。從她身上散發出來。

——但是她並不是吸血鬼。

拜諾恩斷定這「巫女」必定曾經與吸血鬼有極親密的接觸。

——但是她何以沒有遇害……

「你迷路了嗎？」「巫女」微笑著走近拜諾恩，卻突然停步，拜諾恩察覺她在短短一瞬間露出了驚詫表情，然後又恢復自然的笑容。

在「巫女」注視下，拜諾恩感到一陣虛弱感襲來。他想起自己已經好幾個月沒跟女性談話，一時竟不知要如何對答。

「讓我帶你參觀吧。」「巫女」又走近拜諾恩一點。「我是這裡的導遊。」

拜諾恩不知怎地突然失去耐性，他只想盡快把這「巫女」背後的吸血鬼找出來了結。

他一向厭惡自己擁有催眠和讀心力，現在卻迫不及待地使用。

他專注凝視著「巫女」，準備進入她的思緒。

「怎麼了？」「巫女」失笑：「我的臉上有污垢嗎？」

失敗了。「巫女」的腦袋似乎有某種免疫力，阻止拜諾恩的精神力量進入。拜諾恩過去從沒遇過這種情形——除了在面對吸血鬼的時候。可是他清楚分辨出眼前的確是人類。

——也許她曾受過催眠或其他精神訓練？

「我……」拜諾恩把視線移開：「我有點累。也許是天氣太冷吧……」他對自己說出口的話有點訝異：自己竟在這剛見面的女人跟前假裝軟弱。

「你要休息一會嗎？這裡後面有一間休息室，我帶你過去坐一坐。」「巫女」的笑容裡並沒有半點真實的關心，似乎她猜想拜諾恩是藉詞身體不舒服而接近她。一個這樣漂亮的女導遊，這種事情也許每天都發生。

拜諾恩跟著「巫女」離開「開膛手傑克館」。在昏暗的廊道裡，他無法控制自己不去注視她背影。在反光質料的黑衣襯托下，她的肩背和臀腿線條顯得極優雅。

拜諾恩不想承認，但是他確實有一股觸摸她的衝動。為甚麼？他無法明白。他想到慧娜，立時生起微微的愧疚。

兩人穿過一道只限工作人員進出的暗門，走過水泥建成的狹小廊道，步下石砌階梯。

——她在打甚麼主意？

階梯盡頭又是另一條走廊。兩人走過時沒有交談半句。拜諾恩暗中測算，現在應該已經離開「倫敦地牢」的範圍幾十碼遠。想不到倫敦市地底竟有這麼長的通道。說不定是二次大戰時的防空洞。

「這裡。」「巫女」掏出一枚銀色的鑰匙，把走廊盡頭處的木門打開。拜諾恩留意到，門上只簡單寫著「禁止進入」字樣，沒有標示房間的用途。

「巫女」還沒亮燈，拜諾恩藉著走廊照進去的微光，已用夜視能力看清裡面情形：一個寬廣但天花板很低的房間，堆放著大大小小的木箱、紙箱和其他雜物。看來是個儲物間。並沒有人。

「巫女」點亮電燈後，拜諾恩看得更清楚。角落處放著成堆的生鏽鎖鍊，幾柄中世紀式樣的長劍縛成一束擱在旁邊，牆壁上掛著十來副造型古怪的頭盔和金屬面具，牆角下有一個半透明塑膠桶，看裡面盛著深紅色的假血漿。這些顯然都是「倫敦地牢」使用的道具。

「請坐。」「巫女」狡黠地微笑，朝房間中央唯一的椅子招招手。

拜諾恩苦笑。那是一張死刑電椅，椅把、椅腳和椅背上都附有拘束死囚用的皮帶，椅背頂部附著個半球狀的金屬罩。

「插頭已拔掉了吧？」拜諾恩笑著坐上去。

「別笑啊。這副電椅可是真品呢。使用過三次。」「巫女」撥一撥裙裾，坐到一個木箱上：「是公司特別從美國買回來的。你是美國人吧？一個人來旅遊嗎？」

電椅竟然比拜諾恩想像中舒適，也許是對死因的最後一點慰藉？他撥弄著椅把上的皮帶，低頭沒有答話。

「怎麼了？感覺好一點嗎？」「巫女」交換兩腳交疊的位置，雪白的腿令人目眩。

拜諾恩並非笨得不曉得，對方正試圖誘惑他。難道她就是誘餌，替背後的吸血鬼吸引犧牲品？這就是她與吸血鬼親密接觸仍沒有被殺的原因嗎？拜諾恩過去沒有遇過這種事情，但也不是沒有可能。

「還是感覺不太好。」拜諾恩脫下頸項上的黑巾，用它把長髮束成馬尾：「但不是因為疲倦或寒冷。」

「啊？那是為甚麼？」「巫女」微微俯前，讓拜諾恩看見自己的乳溝。

「是因為嗅到一種很難聞的氣味。」

「是嗎？我可嗅不到啊。這裡雖然是地底，但也不致於有沼氣吧？」「巫女」站起來，走到拜諾恩跟前：「我知道你哪裡感到不舒服。」她的手指輕輕掃撫拜諾恩大腿。

「妳叫甚麼名字？」

「有必要知道嗎？……好吧。我叫歌荻亞。」她雙手捧著拜諾恩的臉。他的鬍鬚扎進她綿軟的掌心。她輕輕搓揉著他的臉。「好癢……來，我替你脫去這件大衣好嗎？」

拜諾恩搖搖頭。「這裡太冷。」

歌荻亞媚笑。她走到電椅左側，握住椅把上的皮帶：「我們來點刺激的玩法，好嗎？」她把皮帶套上拜諾恩的左腕扣緊。

拜諾恩並沒有反抗。他想確定歌荻亞在打甚麼主意。

歌荻亞的手法很熟練，不一會已把拜諾恩雙手、雙足和腰肢都束緊在電椅上。「回到美國時，你可以跟朋友們說個好故事：你曾經在電椅上跟一個巫女作愛。」

她輕吻拜諾恩的嘴唇一下，身體卻飛快地退開，凝視他的眼神中失去了剛才的風情，變得完全冰冷。

「好了，現在我感覺安全多了。我們之間可以坦白一些。」歌荻亞脫下黑直的假髮，露出了一頭暗紅色的短髮。「你是吸血鬼獵人吧？」

拜諾恩大感錯愕。

——她是怎麼知道的？

「我不明白妳在說甚麼……」

「別再裝了。我從你身上嗅到氣味。」歌荻亞取下掛在牆壁上的一件運動外套披在身上：「你帶著吸血鬼的味道，但是你並非吸血鬼。」

——她對吸血鬼的認知竟是這麼多。

歌荻亞又說：「你運氣太差了，竟然找上布辛瑪先生。」

「布辛瑪先生？」拜諾恩虛應著。看來「布辛瑪」就是她背後的吸血鬼。

「你至今獵殺過多少吸血鬼？你的好運到此為止了。」歌荻亞拉緊披在身上的外套：「可惜啊……布辛瑪先生原本吩咐我，這段期間不要替他找食物。假如你是普通人，我還可以放過你。」

她拿起房間角落一只古老的手提皮包，像醫生出診用的那種款式——將之打開來，從裡面掏出一根注射筒。透明的塑膠筒內注滿濁黃色液體。她把針頭接上注射筒，取下針套。

「你就好好睡一覺吧。我保證，你不會感到任何痛苦。」歌荻亞吐出舌頭舔舔針尖：「你怎麼掙扎也沒用的，這電椅我保養得很好。答應我，乖乖地別亂動……」

「我不能答應妳。」

拜諾恩右臂聳動了一下，把束縛在腕上的皮帶掙斷。

歌荻亞露出不可置信的神情。她雖然看出對方是經驗豐富的吸血鬼獵人，但沒有想到他竟有這種能耐。死因在受到電殛刺激時會發揮出超乎正常的力量作最後掙扎，電椅的束縛器具製造得格外堅固，在拜諾恩身上卻如紙造的一樣。

拜諾恩的袖口滑出一柄銀色匕首，把左腕上的皮帶也割斷了。「戲演完了，現在帶我去見這位『布辛瑪』吧。」他把其他的束縛一一解除。

「你……」歌荻亞惶恐地退往門戶方向。

「不用怕。我不會傷害妳，我是要救妳。吸血鬼是無情的。他早晚會殺妳。」

「嘿嘿……」歌荻亞冷笑：「很有趣啊。男人嘴巴裡總是常常提著要拯救女人。」

「妳不了解吸血鬼。我告訴妳……」

「我對吸血鬼的了解比你想像更多。」歌荻亞似乎恢復鎮靜：「在沒有人受傷前，請你離開吧。你不是布辛瑪先生的對手。」

「不行。吸血鬼與我是天敵。」

歌荻亞趁著拜諾恩說話時，突然把披在身上的運動外套拋向他以分散他注意，然後迅速拉開背後的門竄到外面，再把門鎖上。

拜諾恩並不急於追趕，反而站在原地。他知道歌荻亞必定是逃往那個「布辛瑪」所在，因此他要先讓她相信自己已經安全逃脫。

等了大約十五秒，拜諾恩一腳把門鎖踹破。

外面走廊的燈光全都熄滅，完全漆黑一片，連拜諾恩的夜視能力也沒用——夜視力只是把視覺神經的感光能力增幅，但在完全沒有光源的地方，還是沒有用處。

不過這並未難倒拜諾恩這個「達姆拜爾」，他還能安然地在走廊間全速前進，靠的是臉和雙掌皮膚的感應：當身體向前移動時，會激盪身周空氣，氣流遇上牆壁就會改變方向。在黑暗中他更能完全專注地感應這些微細的反盪，測知牆壁的位置。

同時拜諾恩把嗅覺能力提昇至最高，追蹤歌荻亞身上那股混雜體香和吸血鬼氣息的味道。

拜諾恩在黑暗裡轉過好幾個彎角，又躍下一段長長階梯。他感到正不斷深入一座巨大的地下迷宮。

拜諾恩突然停止下步來，朝右側擺出迎敵的戒備姿勢。在那牆壁後傳來一種奇怪的聲音。

聲音越來越接近，而且變得更響。拜諾恩左袖內的匕首也滑出，黑暗裡兩刃交叉保護胸前。

然後他判斷：那是列車駛過的聲音。原來這廊道就在地鐵路軌隔壁。

——倫敦地底竟然會有這麼多無人使用的通道……

拜諾恩不再多想，繼續追蹤歌荻亞的氣味。已經十分接近。但是為何還沒有看見亮光？歌荻亞只是個普通人類，沒有光線，她很難跑得快。

拜諾恩察覺，越是深入這「迷宮」，廊道便越寬闊。現在他走過之處已寬得足以容許汽車通過，廊道的牆壁、地板和天頂也越來越粗糙不平，間斷會遇上大小不同的岩塊突出來。拜諾恩雙臂保護在頭臉前，減低速度小心走著。

拜諾恩第二次停下，不是因為聽到異聲，而是根本再無路可走。他到了一個死胡同。

——歌荻亞的氣息就在前方啊……

拜諾恩這時明白，這裡確實是座迷宮，他單純從最接近的途徑追蹤歌荻亞的氣味，因此在某個分岔點走上了歧路。

——我竟這麼不小心。是甚麼令我失去了往日的耐性？

——是有關慧娜的那個噩夢嗎？……

現在只得一個方法：從原路回到儲物間去，然後像獵犬般逐步追索歌荻亞過處遺下的氣味。幸好這些地下密道都十分封閉，歌荻亞遺下的氣息應該不會在短時間內散去。

拜諾恩剛才奔跑的同時，一直記憶著所走過的地形與方向，所以要往回去並不困難。這是他當刑警和在特勤局受訓時養成的能耐。他並不很焦急，反正歌荻亞的速度有限，他的腳程足以彌補這段時間損失。

拜諾恩趁著往回走的時候，思考剛才與這美麗「巫女」的對話。

他第一次遇上甘心為吸血鬼做事的人類。過去他在墨西哥獵殺的吸血鬼毒梟古鐵雷斯，固然擁有許多部下，但他們並不知道老大已非正常人。也許歌荻亞是受到那個「布辛瑪」的長期催眠？這解釋了為何剛才拜諾恩無法入侵她的思維。然而她看起來神智完全清醒，而且在提到「布辛瑪先生」時，神色中顯露的並非奴隸對主人的敬畏，反而有點像妻子因為有個這樣的丈夫的自豪。

更令拜諾恩不解的是，何以這吸血鬼要躲在地底深處，並且依賴一個女性人類替他引誘犧牲品？

「布辛瑪先生原本吩咐我，這段期間不要替他找食物……」她剛才這樣說。看來「布辛瑪」確是有心匿藏著。「這段期間」是指甚麼？難道他已經發現最近有獵人到了倫敦？還是指「開膛手傑克二世」肆虐的這段日子？

這時拜諾恩看見前面出現亮光。

拜諾恩生起警戒。畢竟這整座迷宮，有可能都是吸血鬼的巢穴。

拜諾恩分辨出來：光源並不像電燈或手電筒，光華在微微搖動，似乎是火焰燃燒產生的。

拜諾恩把兩柄匕首都挾在左手指間，右手再從大衣內袋掏另外兩柄匕首。

那光源正在接近。拜諾恩漸漸看清：有個人提著燈走過來。從氣息分辨，這並不是「巫女」歌荻亞，而是個男人。

拜諾恩皺眉。這個男人身上帶著很濃的血腥。

男人手上提著一盞外形古舊的煤油燈。藉著昏黃燈火，拜諾恩細看男人的外貌。衣飾非常古怪，頭上戴著一頂傳統英國紳士的高帽，穿著一套整齊卻看來已十分陳舊的黑西裝，胸前掛著一條同樣陳舊的皮革圍裙，像是屠夫穿的那種，革面多處已經褪色，看來經過長年使用。

男人的臉比拜諾恩還要瘦削蒼白，高高的鼻樑像刀削一樣，骨節帶有一種尖銳感。眼窩深陷構成的陰影，完整地包圍著眼睛，乍看就像兩個黑洞。下巴和唇上非常乾淨，沒有一根鬍鬚，似乎很年輕。兩邊嘴角下垂，沒有任何表情。他似乎完全無視面前的拜諾恩。

男人身上雖然散發著危險的氣息，但是拜諾恩並沒感覺到對方有敵意。他把握刃的雙手藏在大衣下。

兩人站立對視了許久，還是沒有說話。神秘男人的目光，同樣上下打量著拜諾恩，但一直沒有表露出任何情緒。

——難道只是個誤闖到來的探險者？看這古怪裝扮，又是「倫敦地牢」的員工嗎？

——可是這股血腥味……

拜諾恩終於忍不住試探問：「你是誰？幹嘛走到這裡？」

男人微笑，但笑容令他的臉顯得更兇悍：「我……是……這裡是我……」男人似乎要花很大工夫才能夠捲動舌頭，咬字的偏差很大。聽起來就像失聰者，或是牙牙學語的幼童在說話。

——又或者，很久沒有與人談話。

「你說甚麼？我聽不清楚。」

「我……這裡是我的……家。」男人焦急地吐出這幾個字。

「你的家？」拜諾恩無法理解：「你住在這裡？」

男人急忙點頭，想了想卻又搖頭。「我是說……我在……出生……在這……地底……不是這裡……是在……」男人又想了一會，伸手指往一個方向。

「你在這種地方出生嗎？」拜諾恩想，或許可以再多試探一下，於是問：「那麼你認識『布辛瑪先生』嗎？」

男人的臉色瞬間變得更蒼白，好像完全失去了血色。

拜諾恩馬上斷定這男人也認識「布辛瑪」。他盡量把語氣壓得平和：「你知道他在哪裡？可以帶我去嗎？」

「我……我不能夠讓你傷害他……他是給我新生命……的人……」

拜諾恩感到奇怪。「新生命」？但面前這男人並不是吸血鬼。拜諾恩作為「達姆拜爾」，單憑氣味就能判斷這一點。

「不，我不會傷害他的。我只是要找他談談……」

「不可以……我知道……」男人左手食指伸向拜諾恩。「我知道你就是壞人……布辛瑪先生常常提起的……來自『公會』的……『暗殺者』……」

——「公會」的「暗殺者」？那是甚麼？

「布辛瑪先生說過……要是被『公會』知道我誕生了……『暗殺者』就會來找我們……」

「我……」拜諾恩正想辯解，忽然發現一件奇怪的事情：

男人指頭上有一道奇怪的細縫，只有不夠半寸長，看來不似傷口，而是像尿道口。

男人突然發出哀痛呻吟。他的左臂不斷顫抖。拜諾恩感到不妥，卻無法確定發生了甚麼事，他握緊指間四柄匕首。

一點白色東西，自男人指頭那道細縫露出來。

拜諾恩仔細看，是骨頭。

男人的指頭上，突出了一段約六吋長的奇異白骨，形狀尖銳如刀刃，上面帶著他自己的鮮血。

煤油燈突告熄滅。

拜諾恩感覺一道強風撲面而來，他本能反應地往旁閃躲，雙足蹬在牆壁上，再朝後反躍，翻身到半空。

燈光雖熄滅，卻仍有極細的餘火。拜諾恩把夜視力提昇到頂點。

當他頭下足上翻到半空時，他看見了男人的身影，正揮動手指上的「骨刃」，朝自己突刺。

拜諾恩身在空中，正處於極不利狀態。他無暇細想，雙手四柄銀匕首一口氣全射出，分別襲向男人的臉、胸膛、肚腹和手臂。

黑暗中綻放出交擊的火花。在最亮的刹那，拜諾恩看見：男人左手迅疾揮舞，幾乎同時把四柄匕首擊落。

拜諾恩想起他從前應付過的所有敵人：吸血鬼夏倫、「鈎十字」、凱達、珊翠絲、莎爾瑪、古鐵雷斯，還有狼男加伯列……

——沒有一個的速度，比眼前這奇怪的男人更快！

男人左手五指此刻全都已長出「骨刃」，那看來雖是骨頭，卻比金屬還要堅硬，所以在交擊中才會產生火花。落地匕首全都劍刃崩缺。

拜諾恩著陸後迅速把靴筒內兩柄匕首拔出來。這已是他手上最後的兵刃了。假如手上有劍或鈎鐮刀的話，勝算會比較大，畢竟兵刃的長度能夠彌補速度上的差距。憑這短短的匕首實在有些勉強。拜諾恩再一次後悔自己今夜太過輕率。

——可是怎想到會遇上這樣的對手？

現在多想也沒用。敵人隨時會發動第二波攻擊，拜諾恩要馬上想出戰勝或逃脫的方法。

——還是逃吧！反正已經知道對方巢穴，等準備萬全後才再回來！

受過特工訓練的拜諾恩，一旦下定決心就轉身拔腿，心裡希望對方的速度只限於瞬發力而欠缺耐力，那就有機會逃脫。

男人果然從後窮追，那隻「骨刃爪」伸往最前方，尖端距離拜諾恩背項僅六、七呎。

拜諾恩不敢回頭，飛快轉過一個彎角，剛才走過的路途記憶呈現在腦海。

——絕對不可以迷路！否則就完了！

已經無暇再集中心神用皮膚感覺地形了，他只能憑記憶走。

——前面是階梯！

拜諾恩躍起。

男人已到達他背後。

「骨刃爪」自左上方斜下劃過——

拜諾恩的黑大衣破裂。

他一躍越過二十多級的階梯，在上層著地，腳下乏力踏踉，頓時不支仆倒半跪在地上。

接著他聽到階梯下方，那可怕的男人猛撞在石階，發出好像崩裂的聲音，還有男人的哀叫。

——對！在這黑暗裡，他也無法看見！

果然，他聽見下面的男人正摸索著牆壁拾級走上來，「骨刃」刮過牆壁，發出令人牙酸的銳音。

拜諾恩燃起逃生的希望。他努力記憶著地形，咬著牙用最快速度往出口奔跑。

過了一會，他終於再沒聽見那刺耳的刮音，知道自己安全了。心頭一放鬆下來，才立時感覺到背項的劇痛。

拜諾恩已許久沒感覺過這等痛楚。吸血鬼是沒有痛覺的，而身負一半吸血鬼因子的「達姆拜爾」，痛覺也比人類遲鈍。

——為甚麼會這樣？這種痛好清晰……

同時拜諾恩想：能夠感覺到痛楚，最少證明自己還活著。也證明自己還是人類。

想到自己其實仍然眷戀生命，他心裡驀然有些寬慰，稍稍紓緩了這傷痛。

# 第四章
# 獵人被獵

## 十二月二十四日　凌晨一時〇六分
## 伊斯靈頓區　巴特街

拜諾恩把「大衛．哈里遜」機車停下後，急忙脫掉安全帽，猛地喘氣。

因為失血的關係，他感覺寒冷極了。細毛般的雪雨飄到他乾裂嘴唇上，他伸舌舔了一下，才知道同時也感覺極渴。他想像著現在手裡有杯熱咖啡。

但是他知道，自己此刻最需要喝的不是咖啡。房間的行囊裡，放著那袋緊急用治療的鮮血。背項那些傷口已有點發麻，也就是失血開始影響他的身體機能。對於「達姆拜爾」，喝人血是令傷口迅速癒合的最直接方法。

但這令他極度害怕這方法，只有每次不得已的時候才使用。恩師彼得．薩吉塔里奧斯曾經警告過他：「達姆拜爾」每喝一次血，體內的吸血鬼因子就會越被刺激得旺盛。然後到了某一天，他一半的吸血鬼血統，將會征服另一半的人類血統，令他墮進永劫不復的邪惡深淵。

拜諾恩踉蹌跨下機車，一步一步走向公寓大門。他的動作很慢，以防背項傷口擴大。騎車之前他用那塊黑頭巾蓋著傷口，繞纏胸間縛緊以阻止血流。但經過一路震動後，頭巾早已浸透了血。

他沾血的手指伸進口袋，把大門鑰匙掏出來。

進入公寓前廊時，拜諾恩竭力放輕腳步。這個時分公寓裡的人應該都已入睡，他不想讓任何人看見自己這副模樣。

拜諾恩拾級到達二樓，拿鑰匙把門打開——

然後他才驚覺，自己因為受傷而完全放鬆了警戒。波波夫並不在房間內，他卻此刻才感應到。

已經太遲了。門打開後，只見三個男人站在房裡，每個都雙手握著槍對準自己。三人都穿著防彈衣。

同時全副武裝、手持霰彈槍和輕機關槍的特警，分別從兩旁其他房門衝出來，包圍拜諾恩兩側。

站在房內的龍格雷隊長高叫：「警察！不要動！雙手舉高！現在要逮捕你！」

拜諾恩苦笑。這種情景他過去在紐約經歷過不少次——不過每次都是在對面一方。

拜諾恩舉起手時皺眉，因為他牽動到背項傷口。「發生甚麼事？我只是個遊客。」

他說話時輕輕踏進房間。這動作令外面走廊兩側的特警大為緊張，立即圍攏到門口。

「絕對不要反抗。」龍格雷仍然很冷靜。他知道自己已經贏了。「這情形下你是不可能逃脫。現在警方以十三項謀殺罪的嫌疑逮捕你，上手銬之後我會宣讀你的權利。」

對方是個很好的警官，拜諾恩心裡想。沒有英雄主義，沒有不必要的情緒，以無人受傷下生擒疑犯為優先。

——十三項謀殺罪。

——他們把我當作「傑克」。

「別開玩笑了。我沒時間跟你們玩。」拜諾恩說話時暗中儲存僅餘的體力。

「立刻蹲下來，然後全身俯貼地上。否則作拒捕論。我們會動用必要武力。」龍格雷雖然語氣很平和，但槍口沒有離開拜諾恩胸口。

「我說過……」拜諾恩按他指令慢慢蹲身：「我沒有時間——」

然後他的身體在眾多警察眼前消失。

一抹影子晃過。接著龍格雷聽見身後傳來玻璃碎裂聲。

拜諾恩以肉眼難以捕捉的速度穿越房間，撞碎玻璃窗躍出！

沒有人看得清到底發生了甚麼事，龍格雷也不能，但他最快判斷出狀況：嫌犯脫走！是穿窗而出！

他率先回身奔向玻璃毀碎的窗戶——龍格雷向來就習慣親身在第一線指揮。他俯身看過去，街道上卻不見人影。

原來拜諾恩穿過窗戶，卻並不是往下逃，而是雙手握住上方窗框，身體搖盪倒翻，一口氣躍上了屋頂。在下面街道埋伏包圍的警察，看見人影在屋頂閃過，立即朝上戟指說：「在上面！到了屋頂！」

警號聲響徹整條巴福特街。警車成群地發動，把包圍範圍往外擴張。整個社區被驚醒了，住宅的窗戶一個接一個亮燈。

警員最初得知圍捕的就是「開膛手二世」嫌犯時，情緒已然十分緊張；現在眼見嫌犯正逃跑，他們一個個拿著槍的手都在冒汗。警車上和警員身上的通話機傳出指示：若遇到疑犯並確定其身分，在無法以其他方式拘捕他之下，准許使用槍械。

拜諾恩強忍著背上傷痛，飛快躍過一片接一片屋頂。鮮血滴落在殘舊磚瓦上，迅速與積水融和。

龍格雷帶著特警隊衝上公寓天台，卻無法分辨拜諾恩的逃向。

「媽的！」龍格雷暗罵。

——剛才到底發生甚麼事？一眨眼就消失了！在我們的槍口前溜掉！那是不可能的！

過了兩分鐘，支援的警隊直昇機也加入搜索，探照燈如舞台光芒射下，找尋這位「主角」的所在。

警員放出成隊的警犬，奔跑四散進巷道裡。十幾個夜歸者和流浪漢迅速被捕，雙腕反銬俯伏在濕冷馬路上，並受重武裝的警察嚴密看守。

居民紛紛走出門看熱鬧，卻都被警察驅趕回屋。他們都猜想圍捕目標是「傑克二世」，年輕人迫不及待打電話給朋友，繪影繪聲地做「現場報導」。

拜諾恩蹲在一條窄巷的陰暗角落裡喘息，旁邊是堆積成小山般的塑料垃圾袋。這裡已距離公寓幾乎一哩遠。警隊直昇機好幾次從上頭飛過。

一條黑影突然迅速竄進暗巷。拜諾恩爬起身，卻沒有拔出他僅餘那兩柄匕首。他不想傷害任何人。

跑進來的是一條警犬，是條幾乎相當於成年人般大的狼犬。牠吠叫著盯住拜諾恩，正在等待攻擊機會。

拜諾恩也反過來盯著牠雙目。

狼犬驀然從拜諾恩目光中感受到前所未有的恐怖，深烙牠腦袋中的警犬訓練，被原始的本能掩蓋。牠哀號著就從原路遁走。

拜諾恩鬆了口氣。他瞧瞧地上，看見地下水道的蓋子。

——看來今夜我跟地底世界很有緣……

□

檢視過所有被捕的可疑者之後，龍格雷下令把他們全部釋放。

「隊長！」一名警探遲疑說：「要不要先核實他們的身分？」

「不用了。」龍格雷搖搖頭：「我認清了那傢伙的模樣。」

「可是這不合市警的工作常規……」

「我說不用就不用！」龍格雷積壓的滿腔怒氣一股腦爆發。他走到那探員跟前，吐出的蒸氣噴到對方鼻上：「我剛才跟那雜種站得幾乎像現在這麼近！我要是個他媽的裸女，他勃起的那話兒就會碰到我肚子！這答案你滿意了沒有？」

那探員並未動怒，只是退後一步聳聳肩，就轉身離開，嘴巴在暗暗嘀咕：「既然站得這麼近，為甚麼又會給那變態的傢伙溜掉？」

龍格雷跨進一輛警車，衣衫濕透的他感到冷極，他從大衣口袋掏出菸斗，把已濕透的菸絲除掉，用紙巾把菸斗裡外抹乾。他摸摸身上，才發現自己忘了把裝菸絲的鐵盒帶來。

他咬著沒有菸絲的菸斗，這時注意到放在警車一角的紙箱。

龍格雷撕掉紙箱上的膠帶，把蓋子打開來。黑貓波波夫安靜地躺在裡面。有好心的警員替牠披上毛毯。

龍格雷伸手撫摸波波夫頭頂，但被牠避開了。

一個養貓的美國人，到倫敦來殺死十三個妓女。沒有比這更怪的事了，龍格雷這麼想。

他突然有個直覺：這隻黑貓，很可能已經被那美國佬養了好一段日子。說不定他們是一同到來英國的。

龍格雷用行動電話聯絡市警總局，要求他們查核近三個月內寵物入境的登記資料。

掛掉電話後，龍格雷又瞧著波波夫。

——嗨，小貓咪。告訴我，你的主人是個怎樣的傢伙？

# 第五章
# 吸血鬼劍豪

**同日**
**凌晨三時四十三分**
**國王十字路地鐵站**

這時拜諾恩知道，再逃走下去也沒有意思。

因為現在追蹤他的已經不是警察，而是吸血鬼。

當在潮濕的下水道中行走了一段時間後，他便嗅到那吸血鬼的氣息。

最初他還懷疑，是不是因為背傷與疲勞產生幻覺；但是繼續在下水道前行時，他確定那吸血鬼正在自己頭頂的路上。

拜諾恩好幾次在出口處停下，仰首朝上戒備，但是那吸血鬼十分謹慎，並沒有揭開蓋子躍下來——鑽過洞口的時候，將是他最脆弱的一刻。

——一直躲在下水道裡也不是辦法。要趁著仍有力氣時，與他鬥一鬥嗎？

拜諾恩打開水道側一道緊急用的密封門，進入了國王十字路（King's Cross）地鐵站。

這是倫敦地鐵系統中最大車站之一，與另一地鐵站聖班克拉斯相連，兩站加起來是七條地鐵幹道的交匯點，並同時連接英國鐵路，所以月台和通道特別多，結構複雜。

這種時候車站當然早已關閉。流浪漢把長椅都霸佔了。站員在每夜關閉前都例行把站裡的流浪漢和賣藝人趕走，但總有不少成功躲起來，夜班的看守員也懶得再驅趕。外面實在太冷了，若是明早在車站外發現露宿者的僵硬屍體，當局和職員都會受到極大輿論壓力。

拜諾恩的皮靴踏在車站走道上，發出響亮回聲，有幾個流浪漢向他瞄了一眼，便又倒頭大睡。拜諾恩此刻的落拓模樣，跟他們分別不太大。

他感到渴極了，掏出幾個銅板投進自動販賣機，買了一罐熱暖的牛奶咖啡。咖啡氣味反倒吸引幾個流浪漢坐起身來，盯著拜諾恩打量。

拜諾恩一邊走向車站深處，一邊喝著熱咖啡，心情稍稍紓緩過來。背上傷口仍在發疼，幸好已經止血。

——為甚麼會這麼痛？那怪物……那手指會變出骨頭來的怪物，到底是甚麼東西？

等他走到車站最老舊的一條通路時，鋁罐完全喝光了。他隨手把罐子拋掉，然後瞧瞧眼前情景：這是一條橫跨路軌上方、連接兩個月台的廊道，呈圓管狀，兩側和上方都鋪著已經剝落多處的深棕色瓷片。拜諾恩想像：這兒就像一條被裡外翻轉的蛇，肉和內臟都暴露到外面，棕色的蛇鱗反倒成了內側，而自己就置身其中。

水泥地因為濕氣而變成深灰色，四處都透著尿味，遙遠某處有個未能入睡的流浪賣藝人，在演奏著悲哀的小提琴曲，旋律隱隱傳到這條走廊來。

那隻吸血鬼這時就出現在廊道前方盡頭。

一看見他的模樣和穿著，拜諾恩懷疑：這吸血鬼其實是因為害怕弄髒衣服，才沒有在下水道襲擊他。

對方是個亞裔人，頭髮剪得很短，細小的眼睛架著一副方形黑框眼鏡，中等身材，穿著非常拘謹的深藍色西裝、白襯衫、黑領帶和黑皮鞋，鞋上帶有細小的銀釦裝飾。他左臂呈九十度橫放在腹前，上面掛著一件灰色長雨衣。這種上班族打扮，在東京街頭繁忙時段尋常以千計地成群出現。

拜諾恩很少看見吸血鬼穿著得這麼正式。一般吸血鬼都打扮成嬉皮、飆車族、藝術家、異端教派人士或皮條客之類，只因這些人經常出沒的地區，還有他們的日常作息時間，都最適合吸血鬼，這麼穿著較容易融入環境。

「你是跟蹤警察找到我的嗎？」拜諾恩撫摸著掛在胸前那富有紀念價值的銅十字架。

吸血鬼脫下眼鏡微笑，露出尖銳犬齒：「嗯。簡單的方法，往往都很有效。」

拜諾恩察覺對方的英語裡夾雜著異國口音——辨別口音是他在特勤局接受過的其中一項訓練。好像是日本語，但又有點像混入了某歐洲國家的發音。

這吸血鬼顯然跟警察一樣，把拜諾恩誤認作「傑克二世」，才會跟蹤而來。

——也就是說，「開膛手傑克」真的跟吸血鬼有關聯嗎？

正常人當然不會假設，目前肆虐倫敦的「傑克二世」，與一百一十一年前那個「開膛手傑克」是同一人；但如果知曉了世上有永生不死的吸血鬼存在，並又與此有關，那就很難說了……

「我聽聞過你許久了。」吸血鬼繼續說：「真好，讓我先找到你。從傳說裡復活的毀滅戰士『默菲斯丹』（Mephistan）——還是我應該跟人類一樣，稱呼你『傑克』？」

——「開膛手傑克」的真名字是「默菲斯丹」嗎？

「等一下。」拜諾恩擺擺手：「你誤會了……」

「你具有這麼迅速的移動能力，」吸血鬼說：「而我又確定了你不是同類。有這些特質的，只得『默菲斯丹』。也就是你。」

拜諾恩心裡嘆息：偏偏對方似乎不知道，世上還有他這個「達姆拜爾」。

「你又是誰？」拜諾恩指著吸血鬼。

「我的名字是千葉，千葉虎之介。」吸血鬼說到自己姓氏時，神情格外凝重：「很榮幸，能夠成為親手消滅『默菲斯丹』的『動脈暗殺者』。」

「動脈暗殺者」？拜諾恩記得，地道裡那個奇怪的「骨刃男」曾經提及過「公會」的「暗殺者」……

——「公會」？「吸血鬼公會」嗎？

想到吸血鬼或許擁有龐大的社會組織，拜諾恩感到一股刺椎的森寒。

——那不是太可怕嗎？一個吸血鬼的集團……

「我知道你想逃去哪裡。」千葉虎之介把眼鏡和雨衣拋去。「我接著就會去找你父親布辛瑪。真的有地獄的話，你將在那裡跟他見面。」

「父親」這個詞，令拜諾恩心頭一震。

——「開膛手傑克」難道跟我一樣，也是吸血鬼之子？那躲在暗街中專門殺害和肢解女人的瘋子，與我是同類嗎？還是說我有一天會變成他？……

拜諾恩這時候很希望能靜下來，把所有線索好好整理一次，但現在沒有這種時間。

要是無法活著離開這個地鐵站，一切都不用再思索了。

看來是無法逃避了。拜諾恩感覺到虎之介身上所散發出來的特異迫力——不同於一般的吸血鬼。這個日本傢伙似乎曾經受過某種特殊訓練。這類似的氣魄，拜諾恩過去曾在另一個吸血鬼獵人——日本密教僧侶空月的身上感受過。

千葉虎之介一雙細目從拜諾恩臉上掃視而下，停留在胸口處那個十字架：「你是信徒嗎？哈哈……很讓人懷念的東西。」

虎之介並沒有拔出任何武器，兩手空空地逐步迫近拜諾恩。

拜諾恩嘆了口氣，大衣聳動一下。許多垃圾從內側抖出來。

這些都是他從下水道撿拾得來的臨時「兵器」：一個快艇用的細小勾狀鋼錨（天曉得一個船錨怎麼會出現在地底），末端仍繫著一段鐵鍊；兩截斷裂的汽車防撞桿碎片，中間以鐵絲緊綑在一起，成為一副粗糙的十字鏢；插滿發鏽鐵釘的皮革腰帶；一個表面凹凸不平、不知原本用途為何的空心金屬圓筒……

虎之介看見這堆破爛皺起眉：「這算是甚麼玩意？你不打算用你的『刀』嗎？不必對我留手啊……」

拜諾恩並未答話，只是把那圓筒套在左前臂，口中啣著防撞桿十字鏢，右手挽著鋼錨鐵鍊，左手握著如荊棘藤的皮帶，擺出迎敵架式。

「嗯？看來你也懂一點武鬥技藝嘛。」虎之介訕笑：「那就讓我告訴你，你的架式哪兒有漏洞吧！」

西裝的身影躍起來。千葉虎之介跳到左面牆壁上，沿牆壁奔跑兩步，整個人倒走在廊道天花板上。

拜諾恩眼睛緊盯著虎之介去向。虎之介的速度與一般吸血鬼並沒有很大差異，遠比不上先前在地底迷宮裡出現那個「骨刃男」迅疾。

然而令拜諾恩驚嘆的是，對方動作無比地圓滑、優雅和嚴謹，身體每部分的移動幅度和使用的力量都恰到好處。這斷不只是吸血鬼的異能，而是經過長期嚴酷訓練得來的成果。

——眼前是個可怕的敵人。

更令拜諾恩感到危險的是：虎之介並未使用武器。無疑他擁有一種極為特殊的攻擊方式。

——是甚麼？他是日本人……空手道？柔術？拳法？

在沒有看清對方招數前，拜諾恩不敢貿然出招迎擊。他雙膝屈曲降下，仰首準備抵禦虎之介的攻勢。

虎之介的皮鞋踏碎了天花板一根日光燈管。走廊驟然變暗的瞬間，他的右掌從頭頂中央垂直劈下。

——是空手道！只是單純的手刀嗎？

拜諾恩半試探地揮起左手。帶釘的皮帶鞭向虎之介的掌刀。

拜諾恩突然有一種「虛」的感覺：猛力揮擊的皮帶與敵人手掌相觸，卻沒帶來預想中的衝擊，就敵人只是投影幻象，皮帶從中割過，沒有碰上任何實物。

但他敵人確實存在。

因為第二波的進攻已接近面前。

拜諾恩來不及用肉眼去看。他只是感覺前頭有一股如汽車全速迎面衝來的壓迫感。

拜諾恩本能地放開左手皮帶，以穿戴著金屬筒的左前臂保護在臉前。

這次拜諾恩感覺到衝擊了，而且是極度強烈。拜諾恩的長髮和大衣都翻起，整個身體朝後倒飛。

拜諾恩右臂橫摔擲出鋼錨，錨尖勾住壁上水管。拜諾恩緊握鐵鍊，身體像怒海中的小舟，擺盪了一會才止住。

虎之介早就著地。左手拇、食二指拈著一截皮帶。斷處的切口十分平整。

拜諾恩檢視了前臂上那個用作護盾的金屬圓筒，發現上面有道同樣平直的破口，像是用極鋒銳的刀割出來。

——他手上分明沒有兵刃啊……

虎之介剛才使出的其實是日本劍術。那是人類體能無法達到的「無刀斬」。

千葉虎之介其實是日本幕末時代劍豪千葉周作（一七九四——一八五五）的私生子。

千葉周作師承祖傳北辰無想流，十六歲再拜入淺利又七義信門下修習一刀流，藝成後把兩流合併，始創北辰一刀流，並且創立玄武館公開授徒，一生門人多達六千五百餘名，玄武館亦榮登江戶三大道場之一。

虎之介孩童時已知悉自己身世，遠從母親家鄉到江戶拜入玄武館，卻礙於父親的名譽而不能沿用千葉姓氏，周作對待他更是非常冷淡。

虎之介把這股抑鬱轉化為修煉的熱情。儘管他武藝出眾，卻註定無法爭取與同父異母兄弟們同等的地位。

虎之介心灰意冷下離開江戶，跟隨荷蘭傳教士到了歐洲，並且皈依天主教，一心渴望成為神父後回到祖國宣揚基督救恩。可是在修道期間，他卻受不了豐滿而肌膚雪白的異種少女的誘惑，結果被逐出教會。

虎之介此後在歐陸各國間流浪。由於異於常人的樣貌和膚色，他無法找到正常工作，結果把他的高超劍術用在最污穢的途徑上，成為殺人搶劫的獨行強盜。由於他的外貌太容易被辨別，故此每次搶劫後都會把目擊者斬殺殆盡。

其後虎之介又成了貴族豢養的刺客，專門為主人暗殺政敵，可惜他的主人不久後就在政爭中落敗，為保存家產而被逼服毒自盡，虎之介也受到通緝。

就在最絕望時，他遇上了吸血鬼。

吸血鬼給了他從沒夢想過的東西：永恆的生命，任意殺人的快樂，還有更重要的力量——超越任何劍術秘技的力量。

虎之介帶著這力量與滿腔仇恨，回到了祖國日本。他在輪船上已打定主意：把父親與千葉家一族以至北辰一刀流趕盡殺絕。他要把父親的一切從地表上抹消。

然而意想不到的事情有兩件：第一，千葉周作早已去世；第二，在明治維新後，武士階層消失，憑劍術獲得主君賞識和賜予俸祿的時代已成過去，加上大日本武德會成立，劍術成了新興的「劍道」，各派技術漸漸匯合，「劍術流派」這東西，再沒有了江戶時代那種重要地位及意義。

怨恨的對象原來早就消失，千葉虎之介驀然發現，自己對母國已經毫無依戀。

漫長的流浪生涯告訴他一件事：要安然生存下去的最好方法，是依附更大的力量。這時他想起過去，曾經有個吸血鬼夥伴告訴過他關於「公會」的種種……

憑著「無刀斬」絕技，虎之介之後成為了「公會」裡最受敬畏的成員：「動脈暗殺者」。

「無刀斬」的秘密並不在一雙肉掌，而在於手掌的動作：虎之介的掌刀在即將斬中目標之前一剎那，突然利用手腕力量在目標表面極為高速地拉動。由於這動作的移動距離極短，雖然是速度甚高，但所耗費的體能並不大。

這種高速運動，在目標物表面短暫形成一道細長的真空空間。下一剎那，四周空氣迅速湧進這空間，形成一股狹細但銳利的衝擊波，把目標物從容割破。

換言之，虎之介的雙掌根本不必接觸目標，就能夠加以尖銳的破壞。這是何以剛才拜諾恩揮出皮帶後會有那種空虛感：不是對方變成了幻影，而是皮帶在空中被切斷速度之快，「真空刃」之銳利，令拜諾恩握皮帶的手沒有感覺。

「怎麼樣？明白了嗎？」虎之介把斷皮帶拋棄：「現在就算使用你的『刀』也沒有用。因為你的血根本無法沾上我，我不必觸摸你，就能把你切成碎塊，這是不可能被擊敗的劍技。」

拜諾恩雖然沒能完全參透「無刀斬」的原理，但已猜到虎之介是利用空氣產生切割力。也就是說，虎之介擁有一件不可能毀壞的兵刃。

現在拜諾恩手裡只餘下兩件以破爛垃圾臨時製作的兵刃，以及僅有的兩柄匕首。加上一身疲倦和創傷，他似乎已站在必敗之地。

——空氣……氣體……

拜諾恩模糊地想到一個可行的方法。但他需要適合的器具。在哪裡呢？拜諾恩努力回想在特勤局時學過的知識：地鐵車站內執行任務時，要注意哪些潛在的危機，反過來說，就是有甚麼可能充當危險武器的東西或設備，存在於這環境裡……

想到了。

但眼前首要的是：拉開與虎之介的距離，爭取時間去找那器具。

「怎麼樣？還不肯露出你的『刀』嗎……」虎之介臉色突變：「等一下，難道你不是……『默菲斯丹』？」

「我早就說你誤會了。」拜諾恩左手接過咬在齒間的十字鏢，盡量把說話拖長：「我根本不知道你說的『默菲斯丹』是甚麼。你是小孩子嗎？竟然相信警察的話，以為我就是『傑克』？」

虎之介暴怒：「那你又是甚麼東西？你身上雖然有同類的氣味……」

眼看對方露出疑惑表情，拜諾恩知道機會難再。

拜諾恩躍起來，身體急促旋轉一圈，以這迴轉之力把十字鏢擲出。

十字鏢以呈弧形的軌跡呼嘯旋飛向虎之介頭頸。

同時拜諾恩雙足踏在牆壁上，雙手緊拉連著鋼錨的鐵鍊。他心中暗暗祈求，這段生鏽的鐵鍊抵得住這種拉力。

鋼錨仍勾在水管上，因為強力拉扯而漸漸扭曲——

就在虎之介以「無刀斬」把飛襲來的十字鏢劈開兩半的同時，拜諾恩成功把水管拉破了一道裂口。

水箭從裂口激射而出，在拜諾恩與虎之介間形成一道「水牆」，視線被阻隔了。

拜諾恩開棄鐵鍊，飛快往後撤退，縱下廊道盡頭階梯，踏上月台。

虎之介以縱橫兩道的「無刀斬」開路，身體衝過「水牆」，朝拜諾恩追過去。

拜諾恩越過充溢著尿味的陰暗月台，並沒有回頭看一眼——他知道自己只有不到三秒鐘時間，少許延誤也是生死之別。

虎之介的動作提昇至最高速。他只踏地了一次，身體便直線飛至拜諾恩背後，雙掌同時高舉到頭頂，擺出了「捨身大上段」的攻擊架式！

拜諾恩終於看見他要找的器具。

那是一件紅色東西，收藏在一道玻璃門後面。

沒時間先打破玻璃了。拜諾恩伸出雙手十指，直接貫穿玻璃，把那東西抓住。

虎之介由於在拜諾恩正後方，沒看見拜諾恩在幹著甚麼，但他不在乎。他深信「無刀斬」是無敵的——因為那是人類最高搏鬥技藝與吸血鬼異常力量的結晶。

——正因為有這種自信，虎之介並未理會原來計畫，脫離了同來的「暗殺者」而獨自尋找線索，決心要靠這次立功提昇自己在「公會」裡的地位。

——我要取代克魯西奧，要全公會承認我才是最強的「動脈暗殺者」！

虎之介雙手垂直斬下去。

拜諾恩同時轉身。鮮血淋漓的雙手握住那紅色東西的兩端，橫迎向虎之介的攻擊。

虎之介雙掌在接觸那「東西」前一剎那，手腕急抖，掌緣在空中拉動。雙掌合起來製造出一道更長、更大的「無刀斬」真空軌跡。

緊接著湧至的「空氣刃鋒」，迅速把紅色東西表面割破。

虎之介原以為這一刀足以把那東西連同拜諾恩的胸膛斬破。但「氣刃」在進入那紅色東西內部時卻停滯不前。

「氣刃」瞬間被中和而消失。

——不可能！除非是鈦合金或鑽石，沒有東西能夠抵擋我的「無刀斬」！能夠擋住「氣刃」的，其實是另一股急激氣流。

拜諾恩握在手裡的，是一具壓縮二氧化碳滅火器。

當「無刀斬」的「氣刃」切割開滅火器外殼後，立即遇上從內裡向外激射出的壓縮氣。「氣刃」在衝擊力上固然比這些壓縮二氧化碳高出多倍，但壓縮氣卻在「量」上遠勝氣刃。抗衡之下，「氣刃」與壓縮氣互相抵消，消失無痕。

但是滅火器內還有近半的壓縮二氧化碳，接續從裂口激射而出，直射向虎之介的臉部。虎之介以雙掌遮擋，身體向後飛退。

——滅火器只有一個，我卻可以再發出「無刀斬」！我勝了！

拜諾恩因為壓縮氣噴射的反作用力和「氣刃」的推力，身體向後倒飛。他巧妙地翻身，雙足踏在牆壁上反蹬，身體如炮彈般射向倒退中的虎之介！

很好！虎之介暗想。

「是你自己送上門！」

拜諾恩身在半空，兩柄銀色匕首從袖口滑出。

虎之介嚎笑，雙掌自外向內水平劃出弧線，分別從兩側夾擊拜諾恩的頸項。

拜諾恩卻不閃不避，仍全身朝虎之介懷裡衝進去。

虎之介雙掌準備再祭起「無刀斬」——

硬物碎裂的聲音。

虎之介惶然發現：自己失去雙掌。

剛才在壓縮氣激噴之下，虎之介本能地以雙手去抵擋。由於吸血鬼沒有痛感，他並未察覺自己最珍視的雙掌，已被氣體高速噴射造成的低溫所冷凝。接著在迅疾的揮斬動作下，雙掌終因無法抵受空氣阻力而碎裂。

虎之介已斷去手掌的雙臂仍擊打在拜諾恩頸上，卻已失去力道。

因為銀色的匕首，已然貫穿虎之介心臟。

拜諾恩身體翻轉，雙足踏在虎之介肩上，俯身把最後一柄匕首橫架他喉嚨前。

「告訴我：『默菲斯丹』是甚麼東西？」

虎之介嘴角溢血，淒然說著夢囈似的話：「可惜啊……身為吸血鬼，不可能切腹自盡。就由你為我介錯〔註〕吧……克魯西奧會找到你的……他會恢復『動脈暗殺者』的名譽……我不甘心……父親大人……」

這時拜諾恩看見，虎之介斷腕處正慢慢重生出新的手掌組織。想不到虎之介在被刺破心臟後，仍有如此強盛的再生能力，令拜諾恩心中悚然。

——還是結束吧。

匕首劃過。鮮血激濺在月台的電影廣告壁畫上，把雲露娜．麗達（Winona Ryder）半露的胸脯染成鮮紅。

假若是平時，拜諾恩完成狩獵後必定會立刻把吸血鬼的無頭屍身妥善處理。但現在他實在太累了。背傷因為剛才的劇烈動作又再破裂。

他心裡疑惑：要是在平時，這麼淺的傷口早已癒合，現在的我卻簡直像患了壞血症的病人般……

拜諾恩頹然坐在一張長椅上。幾個流浪漢目瞪口呆地遠遠看著他，他也沒多加理會。

——我需要一個可以休息的地方，好好思考和組織今夜所知的一切……

他發現有個人走到他跟前。他抬頭，看見一個渾身骯髒的老頭，穿著兩件皮夾克，頸上圍了條看不出原來顏色的毛巾，左手挽著把小提琴，右手拿著琴弓。

「你就是剛才在車站裡拉琴的人嗎？」拜諾恩看著老頭苦笑：「很好聽的曲子。」

「你知道自己看來像甚麼嗎？」老頭問。

拜諾恩看看手上的鮮血：「殺人犯。」

老頭搖頭：「不。是像一堆狗糞，很大的一堆，不單看起來像，嗅起來也像。」

「你到底想要些甚麼？」拜諾恩不耐煩了。他只想倒頭大睡。

「沒甚麼想要的東西。」老頭把揹著的小提琴箱放到地上，小心得像要把剛被哄入睡的嬰兒放到床上般，將小提琴和琴弓收進箱子。「只是想問問你，今夜打算睡在哪裡？」

「你不害怕我嗎？」

「有甚麼好害怕？殺人嘛，我也幹過。」老頭把箱子揹上：「有的時候確有殺人的必要。」

是個瘋子，拜諾恩心裡想。可是現在這種處境中，也許他唯一能夠求助的只有瘋子。

「你有甚麼比較隱密的地方能夠讓我睡睡嗎？」

註：古代日本武士切腹自盡時，會安排一名劍士擔當「介錯人」，在完成切腹一刻立即把武士斬首，以斷絕死者的痛苦，避免死者在劇痛中出現不體面的容姿。

「跟我來。」老頭朝拜諾恩勾勾食指，然後躍下月台踏在鐵軌上。「我保證，沒有人找得到你。」他接著就朝路軌深處走。

拜諾恩嘆了口氣。

——看來沒有別的選擇了。

他把虎之介的無頭屍體扛在肩上，又把割下來的頭顱挾到腋下，隨著老頭向那黑暗洞穴走去。

「可以先告訴我，那是甚麼地方嗎？」

「說了你也不知道。只能夠告訴你，那裡也在地底。」

——噢，也在地底嗎？……

拜諾恩驀然懷念起自己一向討厭的陽光。

「我也想問你一句。」老頭邊走著邊說。

拜諾恩沒有回應他。

「我想知道……」老頭頓了頓，舔了一下嘴唇：「你就是那個『開膛手傑克二世』嗎？」

拜諾恩在黑暗中喪氣地搖頭。老頭並沒有看見。

# 第六章
# PH@XQ!Z

**同日**
**凌晨四時零二分**
**地底**

「速吻」（PH@XQ!Z）在陰森的迷宮廊道裡行走，壁上火炬的光焰不斷在晃動。映出粗石牆壁上帶著的斑斑血跡。「速吻」不時檢視她帶著的全方位動態掃描器，尋找目標人物所在。

那個叫「龍血」（Dragon Blood）的混蛋，在各網上新聞群組貼上挑戰書，言明今夜會現身。可是《OmniLand》的虛擬世界相當於四分一個英國般廣大，同時連線玩家的最高容納量達二萬七千人，裡面有高山、海島、地下宮殿和巨大城堡，玩家除非互相約定地點，否則很難確切找出一個角色的所在。

不過「速吻」不是一般提起劍和盾牌就亂闖的普通玩家，《OmniLand》對她來說沒有任何秘密可言，她早在三個月前已把這遊戲的程式碼完全破解——對她而言，解碼比玩遊戲本身要有趣得多。

「速吻」本來早就厭倦了《OmniLand》。這次再度上線的原因，是她一個「姊妹」在這裡被那個「龍血」用具有性意味的說話當眾羞辱。之後當然是決鬥。結果這位「姊妹」所扮演的女神箭手，被那個級數八十五的魔法師用咒語打進亞空間消失。這事件在許多玩家網頁上都有報導。

「速吻」不容許這種事情再發生，她決心要教教「龍血」一點網上禮數。

她以自己編寫的搜尋程式，確定「龍血」就在這伺服器的這座地下迷宮範圍裡。

「來了！」「速吻」在LED顯示器眼罩底下的雙目亮了起來。

就在地牢走廊深處，身穿銅色鱗甲、手握蛇狀權杖的魔法師出現了。他足底仍冒出煙霧，顯然剛施展了透壁魔法，穿越天花板降到這一層來。

「哈哈……」「速吻」的耳機裡傳來笑聲：「你聽過我的名字吧？」

「速吻」索性把耳機拿下。它只是用於跟友善的網友交談。對這種傢伙，根本沒必要多餘的對談。

「速吻」驅動了一個叫「金字塔」的子程式後，對方的級數、屬性、武器與盔甲裝備、攻擊力、防禦力、魔法元氣、咒語種類等等數值和資料，全都在她面前暴露。果然是個很強的魔法師。

她知道對方此刻在想甚麼。「龍血」也一定在用「金字塔」調查她——這程式隨處都下載得到。「速吻」只是個級數三十八的游俠女戰士，「龍血」必定以為又找到一個輕鬆的獵物吧。

這時「速吻」默默啟動第三個程式——這是她自行編寫的，命名為「神之震怒」。

然後一切都如水晶般透明。這被《OmniLand》無數玩家網頁列為頭號通緝犯的魔法師，果然又是個作弊的傢伙：高達二六五〇的魔法元氣、防禦力附加三〇〇％的神聖鱗甲、能夠無限次發射火球彈的蛇杖……以至角色一切經驗值和屬性等等，全都只是一夜之間用外掛程式篡改出來的，而不是在虛擬遊戲世界裡經過長期冒險和修煉得來。

當然，「速吻」自己也使用這些外掛程式，但她是為了享受破解密碼的樂趣，「龍血」卻是純粹的遊戲破壞者，「死」在他手上的角色多達三百八十六人次。當這些人誠心相信《OmniLand》的虛擬世界，在裡面冒險、交談、買賣、組織教團和公會，建造城堡、坐船旅遊時，這傢伙卻用卑污的手段剝奪他們的樂趣。

「速吻」迅速宣告了「龍血」的死刑。

她按下F9鍵。

「神之震怒」產生作用。「龍血」所使用的「OmniHack ver.3.32」外掛程式在這區域被廢止了，顯示器上的屬性數值急降，神聖鱗甲變成一般武器店也有出售的廉價貨：魔法元氣只餘二四〇。「龍血」暴露出他的真面目：一個只有十六級的平凡魔法師。

但是「龍血」自己仍不知道他的偽裝已經脫落，他揮動蛇杖。熊熊燃燒的火球彈朝「速吻」撲面射來。

「速吻」微笑，她懶得動一動滑鼠，火球彈正面打在她身上，生命能量的顯示棒卻沒有縮短半分，全被裝甲的防禦力抵消了。

如果可以的話她會想再多玩弄對手一會，可是「龍血」經過這失敗的一擊，很可能已發現不對勁，還是趁他關掉電腦或拔掉電話線之前動手吧。

「速吻」熟練地發動女戰士背上的火箭推進飛行器，兩旁牆壁飛掠而過，女戰士閃電到達近戰距離。

「龍血」還沒來得及反應，游俠女戰士揮起巨大的雙手劍。

力量屬性二九〇，靈巧屬性三一五，加上神劍的附加魔法值，這一斬擊破壞力為二四〇〇至三〇〇〇點，命中率二七〇%。

巨劍斬裂了「龍血」的鱗甲。鮮血激飛（因為尺度問題，血液被繪成黑色），「龍血」的肉體化為綠煙蒸發消失，散下一地的金幣、五只魔法指環、火球蛇杖、黃金頭盔和已破壞的鱗甲，還有一隻斷指。

「速吻」對其他東西不屑一顧，只把斷指撿起來。她按下「查看」鍵後，斷指即顯示出被殺者名字、角色等級及日期。這是向好友展示戰績的紀念品。

這時她感覺到，在真實世界中有人正走近自己。她徐徐把顯示器眼罩脫下來。眼睛經過大約四秒才能重新適應自然光。她看見兩個渾身髒兮兮的男人，是拜諾恩與那個揹著小提琴的老頭。

拜諾恩端詳著這個女生。戟豎的黑色短髮，因為脫下眼罩而弄亂了，不過看來原本就修剪得不怎樣整齊。兩邊臉頰顯得有點胖，應該是吃太多速食品和糖果的結果，卻長得出奇地美麗，黑眼睛細長而明亮，而且沒有任何化妝，這似乎是明智的，化妝品只會掩蓋她五官間那股洋溢的生氣。

少女穿著一件帥氣的黑色皮夾克，胸口釘著一面銀色金屬片，上面刻著外星人頭像；沒有任何飾物，卻在頸項間掛著一個塑膠表面的黃白色通行證，附有她的照片，上面只有幾串數字組合和「全區域通行」字樣；腰帶上的行動電話有如西部牛仔的手槍；下身是黑色牛仔褲與 Dr. Martens 黑皮靴。

少女半張著嘴巴，凝視拜諾恩的臉一會，然後驚異地微微搖頭。她那驚疑的表情不像是看見可怕的東西，反倒有如發現新出品玩具的孩子。

「你……」少女指著拜諾恩：「真幸會了，是本人呢，『傑克』先生。」

拜諾恩苦笑搖頭：「我的天。難道我的樣子真的很像殺人狂嗎？」

「不會吧？我剛剛才見過你的照片啊。」少女伸出的手指變成手掌，與拜諾恩熱烈握手：「你好。我叫『PH@XQ!Z』。」

她讀出來是「Fastkiss」，也就是「速吻」。「PH@XQ!Z」是故意用上不容易讀的近音字母及符號來拼的寫法。

「這算甚麼名字？」

少女指指電腦：「是在裡面用的代號啊。你不喜歡的話，叫我的真名里繪好了。」

「妳是日本人嗎？」

「半個。母親是美國人。」

「妳剛才說的是甚麼照片？」拜諾恩看看四周：這裡是個小洞窟，唯一的照明來自電腦顯示器，而且有三台之多。另外還有一部已打開的 PowerBook 筆記電腦。桌上又放滿一堆看不出用途的電子儀器、小工具、疊得高高的電腦磁碟、日本動畫的機器人玩偶……這些矽、塑膠與金屬呈半圓把里繪的座椅包圍。沒有其他椅子，拜諾恩只好繼續站著。

里繪狡猾地微笑，然後轉身熟練地操控滑鼠。

「我把它們存了下來。你自己看看。」

拜諾恩看見：螢幕上出現一幅畫，是鉛筆素描的警方拼圖，畫的正是拜諾恩的樣子。

「妳從哪裡……」

「當然是市警的檔案庫了。」里繪若無其事地說：「那裡的保安差勁透了，要不是閣下名氣這麼大，我可懶得碰呢。」

「我明白了，原來妳是個電腦叛客（Cyberpunk）……」

「是駭客（Hacker）。」里繪很認真地更正。由於無法分辨兩個詞語的差異，拜諾恩沒能答上話。

「還有更有趣的東西。這個可花了我一些工夫呢。」里繪又打開另一個圖片檔。

我的天，拜諾恩心裡暗罵。

那是他在特勤局時的證件照片，頭髮比現在短許多，鬍鬚刮得乾淨，樣子看來也比現在健康。

「這是FBI送過去給倫敦警方的資料。」里繪一想到正在跟資料中的本尊面對面談話，感覺興奮又有點怪怪的：「原來你兩年前已經開始幹了嗎？」

「妳不害怕我？」

「本來應該害怕的。」里繪站起來，上下打量拜諾恩，目光停在他大衣已乾的血漬上：「可是一想到竟然能夠與這麼有名的人會面，就像……」

「就像發現『貓王』還沒去世嗎？」

「我只有十八歲啊，你跟我談甚麼『貓王』？假如你說卻．高賓（Kurt Cobain）才有意思。」

「我比較喜歡『既視現象』的夏倫。」拜諾恩微笑。面前這女孩有趣極了：「妳大概沒有聽過這樂團吧？」

里繪聳聳肩不置可否：「何況我已跟你認識了，我又不是妓女，你大概不會殺我吧？」

「很難說啊，甜心。」一直站在旁的小提琴老頭插嘴：「我剛剛才看見他殺了個男人。連頭也砍下來呢。剛才我還幫他把屍體燒掉了。」

一聽到「殺人」，拜諾恩感到有點惱怒，但怎樣也無法向他們解釋吧？

「聽妳的口音是在美國長大的吧，怎麼會在這裡？」

「我可以說已經沒有國籍了。這兩年都在東躲西藏。」里繪嘆了口氣。「你從前那些執法部門的夥伴，一直在盯著我。」

「為甚麼？」拜諾恩有點驚奇。怎麼看她都是個無害的女生。

「很簡單。我們駭客認為資訊自由是公民權利，他們則稱之為『危害國家安全』。他們雖然比我們笨得多，卻有花不完的錢啊。被他們迫得太緊了，只好來歐洲躲躲。」

「壞女孩。」老頭又插嘴了。

「你很討厭啊，理查。」里繪扠著腰：「回到大夥那裡去吧。他們大概在等你開演奏會。」

老頭理查很聽話地離去了。

「對了。」里繪突然湊到拜諾恩跟前：「可以吻吻我嗎？」

「是想得到名人之吻嗎？對不起，要讓妳失望了。」拜諾恩坐到她的椅上：「我不是『傑克』。是警察誤會了。」

里繪失望得咬著下唇。

「喂，拜託不要露出那種表情好嗎？」

「那你是甚麼傢伙？」

「為甚麼這兩年來，每個人都問我這個問題？」拜諾恩苦惱地說。「好吧。我只能告訴妳：我來倫敦是為了抓這個『傑克』的。滿意了嗎？」

「你見過他嗎？」里繪雙眼發亮了。

「有可能，但還沒有絕對確定。妳能幫助我嗎？」

「當然了。可是在這以前，你最好還是處理一下背上的傷口吧。」

「妳怎麼知道的？」

「從你的坐姿就看得出來。」里繪拉著拜諾恩的手，把他從椅上牽起來。「而且你髒得像剛從糞坑裡爬出來一樣，最少也洗個澡吧。來，讓我帶你到醫院去。」

「我不可以上醫院啊。睡在病床上等警察來抓我嗎?」

「理查大概還沒有告訴你這是甚麼地方吧?我說的是這裡的醫院。」

「這裡的意思是……」

「不就是地底嘛。」

□

「你應該知道,倫敦地鐵是全世界最早的地下鐵路系統吧?在一八六三年正式啟用。在那個時候由於技術還沒成熟,挖掘工程的計畫與施行出現許多偏差,挖錯的通道有許多。

「另一個問題是:自中世紀以來,倫敦許多古堡、大宅都有關建地下室,後來隨著歲月過去,地面上的建築被多次拆毀重建,區域也重新規劃了,加上舊地圖大都散失,這些地牢便被遺忘了;直到建造地鐵時,挖掘工程往往因為遇上這些地牢而被迫中止和改道。這又把地底通道的數目增加了,構成一個沒有任何用途的地下迷宮。

「沒有人知道是何時開始,但大概是上世紀末吧,漸漸有些無法在地面世界生活的人秘密移居到地底來。傳說最初的一批人是罪犯。這一直持續到現在,就成為今天你看見的『地底族』。」

拜諾恩邊走邊聽里繪的介紹。他不停地留意沿途所見的人：大多都是衣衫襤褸的流浪漢，但也有像里繪的年輕人——他們紛紛與里繪打招呼，然後又埋首於電腦、遊樂器或是圍起來抽大麻。

很和平的氣氛。有一個看來是中世紀堡壘地牢的寬廣石室，充當了聚會的大廳，四處散佈著破舊的沙發和床，人們坐臥著看書、談話、演奏樂器、飲食、抽菸……石壁上掛滿了從地鐵站撕下來的電影廣告海報、國旗、名人肖像、名畫的複製品……那種輕鬆而簡樸的生活氣氛，有如三十年前的嬉皮公社。

「我不明白。」拜諾恩問：「你們如何維生？我是指資源。」

「有甚麼困難呢？城市就在我們頭頂啊。城市的本質就是不斷地浪費。稍動點腦筋，從那巨大的消耗量中取來一點就夠了。只要你的要求不太高。舉個例子來說明清楚吧：全美國的家庭電器，例如咖啡機、微波爐等等，它們上面那個小小的計時鐘的照明所耗用的電量，相當於希臘、秘魯與越南三個國家的耗電量總和。同樣的道理，一個倫敦市只要擠出少許資源，就夠『地底族』花用了。從這角度看，這個世界是不是有夠荒謬的？」

「妳呢？妳是怎麼找到這裡？」

「一個在女同性戀者網上新聞群組認識的朋友，把這裡介紹給我。她其實是雙性戀者。」

「她是妳的愛人嗎？」

「我還沒有確定自己的性取向啦。」里繪輕鬆地說：「我悄悄告訴你原因吧：我還是處女。在一九九九年還有十八歲的處女，驚奇吧？」

拜諾恩無言以對。

「到了。」里繪指向一個石窟：「這裡就是醫院。」

□

拜諾恩穿著一條借來的寬鬆褲子，赤裸上身俯伏在一張灰色沙發上。

里繪把他脫下的衣服收進一個塑膠袋裡，準備拿去清洗。

「切記不要丟掉那件大衣。雖然破了，可是很有紀念價值。」拜諾恩說。

「我找人把它縫好吧。放心，這裡也有很專業的裁縫。」

里繪說著時，那個她喚作「柏德烈醫生」的男人就拿著針線到來。

「好了，我來替你的傷口縫線吧。」柏德烈醫生說：「我先看看傷口有沒有感染。」

拜諾恩想不透，假如這個叫柏德烈的真是醫生，何以會加入「地底族」？

里繪猜出了拜諾恩眼中的疑惑：「柏德烈醫生數年前才坐完牢。他因為一個病人死亡而被判過失殺人。其實是醫院的上級把責任推到他身上。可憐的醫生。」

柏德烈醫生檢視拜諾恩背上傷口：「似乎有病菌感染啊。傷口外圍呈灰黑，而且有輕微的壞死……」

「醫生，請你把傷口附近的肉都割去，然後再縫針吧。」拜諾恩冷冷說。

柏德烈悚然。「雖然有中毒徵兆，也不必用上這麼殘酷古老的方法吧？」

「醫生，我們等會再談。」拜諾恩的臉轉向里繪：「妳還是先離開吧。我有些事情，希望妳能夠替我調查。」

「說吧。」里繪把塑膠袋抱住。

「首先替我問問這裡的人，有誰認識或聽過布辛瑪這個男人，或是一個叫歌荻亞的女人。」既然「布辛瑪」也住在地底，「地底族」中說不定有人曾經接觸過他們。雖然不知道機會有多大，但問問也無妨。

「另外要藉助妳在網路上的專長：妳已經知道幾小時前在巴福特街發生的事情了吧？請調查一下我被警方沒收的東西收藏在哪裡。最重要的是貓——我的貓，公的，全黑色。找找牠在哪裡。」

「這太簡單了。若是平日我是懶得幹的。」里繪揚揚雙眉：「對於駭客來說，解碼、闖入系統主要不是為了取得資料。我們享受的是解決難題的過程。所以從前幹過的事，我們盡量都不重複——世界上有太多新的難題了，重複過去的只是浪費生命和思考力。這就是為甚麼我們要頻繁地交換各種情報和方法——讓同伴不必重複自己已經做過的事，把精力花在未被發掘的領域裡。

「不過這次為了你這外行人，我就破例吧。而且我喜歡貓，有機會把牠介紹給我認識。牠叫甚麼名字？」

「波波夫。」

「很好聽啊。」里繪天真地笑著：「對了，我應該怎麼稱呼你？拜諾恩先生？不行……尼古拉斯？發音太長了。就叫尼克吧，好嗎？」

拜諾恩點點頭。

「待會見，尼克。」

拜諾恩瞧著里繪的背影。她的聲音在他腦海裡迴響。

「尼克」過去是慧娜對他的親暱稱呼。

「好吧，醫生，請按照我剛才的去做。不用麻醉。」

「你瘋了嗎？」

「有重要的工作等待著我。我不想被麻醉藥弄得昏昏沉沉。」

事實上是拜諾恩不能肯定，自己被麻醉之後會有甚麼反應。他已逝的恩師彼得．薩吉塔里奧斯，當初就是用催眠和迷幻藥來引出拜諾恩靈魂裡的吸血鬼本性，從而確定了他「達姆拜爾」的身世。

柏德烈把傷口的灰黑壞死部分切割下來，並且用針線把傷口縫合。

「醫生。」拜諾恩坐起身。「這『醫院』有血庫嗎？請你隨便找一袋血液給我。」

柏德烈依言走進左邊房間，不久便把一個注滿血液的密封塑膠袋找出來，因為冷藏的關係，袋子表面結著水珠。

拜諾恩把血袋取過來。「行了，醫生，謝謝你。你可以出去嗎？我想休息一下。」

柏德烈未能確定拜諾恩的意圖，卻本能地對這個奇異的陌生人感到恐懼。他點點頭，迫不及待離去。

拜諾恩確定沒有人在看自己之後，用牙齒把血袋咬破，然後往嘴巴裡灌進冰冷血液。

他迅即感覺到背上傷口開始在自行癒合，心裡鬆了口氣。

——真是漫長的一夜。

# 第七章
# N．拜諾恩之日記 II

十二月二十四日

馬上寫這篇日記，是要把這夜遇到的事情盡量理出個頭緒來。從前因為沉迷寫作，我開始養成一個習慣：在思考重要或者複雜事情時，拿起紙筆鋪陳出來會事半功倍。

從那個自稱「動脈暗殺者」的千葉虎之介所說過的話推斷，我在地底迷宮裡遇上那個穿著古老衣服和皮革圍裙的怪人，幾乎肯定就是「開膛手傑克二世」，若非如此千葉不會因為誤會而來追殺我；而一想到「傑克二世」與永生不死的吸血鬼關係如此密切，那麼他同樣就是一百一十一年前的初代「開膛手傑克」，可能性就非常大。

那個怪人的說話斷斷續續，我盡量都記憶了下來。他曾經說過，吸血鬼「布辛瑪先生」是給予他「新生命」的人；而之後在地鐵站裡的千葉則說，「布辛瑪」是「傑克」的「父親」。這兩句話具有很相近的意義。

「傑克」到底是甚麼？一個線索就是我背上那些傷口。那傢伙從手指頭長出來的尖骨，無疑能夠破壞我身上遺傳的吸血鬼痊癒機能。千葉一直在問我為什麼不露出我的「刀」，顯然就是指這些比精鋼還要堅硬和鋒利的「骨刃」。

而現在靜下來，仔細想想當時的情景，似乎這種破壞力並不是源於那骨頭本身，而是骨從他的手指吐出時，沾著的他的血液或是體液造成。對了，千葉曾經說過「你的血無法沾上我」，一定就是指這個。

「傑克」體內的血，是對吸血鬼的劇毒！

這樣設想，一切都順理成章了。「傑克」（或者按照千葉的稱呼叫「默菲斯丹」）擁有劇毒血液、鋒銳無比的「骨刃」與如此驚人的速度，對「吸血鬼公會」來說自然是個大禍患，因此才派出像千葉這種厲害高手來剷除他。

另一個謎是吸血鬼「布辛瑪」。從千葉的口氣聽來，「布辛瑪」顯然跟「公會」處於敵對立場，千葉說過下一個要處決的就是他。也許是叛徒之類？

「布辛瑪」是「傑克／默菲斯丹」的創造者。而現在的「傑克二世」又可能同樣是初代的「傑克」……這就推論出「布辛瑪」與「公會」對敵了已超過一百年。

也許「布辛瑪」要創造這個怪物，正是這個原因——作為自保和抗衡「公會」來襲的護身符。但若是這樣，他既握著這張王牌，何以仍要匿藏在地底深處？為何要讓「傑克」到外面四處殺害和肢解妓女？這些我還未想得透。

不過思考到這裡，我可以稍稍鬆一口氣。最初聽到千葉說，殺人魔「開膛手傑克」跟我一樣父親是吸血鬼時，我馬上聯想自己親手捏死慧娜那個噩夢。但如今可以判斷，「傑克」不管是甚麼，跟我這「達姆拜爾」肯定不是同類。

而現在我想到：「傑克」的血能夠破壞吸血鬼因子，這會不會正是我一直在努力尋找的東西？讓我從「達姆拜爾」恢復為正常人類的鑰匙？

這太過重要了。慧娜。還有我的人生……

那麼我必須搶在其他「動脈暗殺者」成功之前把「傑克」找出來——不對，我更應該要找的是「布辛瑪」。他能夠創造出這隻吸血鬼剋星，對於吸血鬼因子的奧秘一定有很多了解。這些危險的知識，甚至可能就是他成為「公會」敵人的原因。

「吸血鬼公會」。到現在我都很難完全接受這個事實。連畢生鑽研吸血鬼的薩格，也沒發現它的存在，這「公會」規模有多大？像千葉虎之介這麼可怕的「動脈暗殺者」又有多少個？千葉死前提過，還有另一個叫「克魯西奧」的同伴到了倫敦來，而從語調聽來「克魯西奧」似乎是比千葉還要可怕的傢伙。再加上擁有驚人能耐的「傑克」，現在連大部分兵器都失去了的我，會是他們的對手嗎？

噢，波波夫，牠現在一定在警局裡吧。希望警察善待牠吧。

在公寓裡那個拿槍指著我的，看來是個很出色的刑警。從口氣聽來他是現場最高級的指揮，卻不避危險地走在最前線。這種好警察已經越來越少。我要找個機會向他警告，「傑克」有多可怕……

太累了。還是先睡一覺。

# 第八章
# 永恆之書

**同日　凌晨四時十分**
**地底**

在那巨大的麻織畫布上，細緻地描繪著一頭奇異野獸：紅色鬃毛飛揚的獸臉近似獅子，額上突出三根彎長尖銳的犄角，六條健腿踏在熊熊焚燒的火焰上，長尾如蟒蛇般在半空盤捲，獠牙暴突的嘴角，溢出滴落的鮮血。牠有三隻像人類的眼睛，神情各異，一隻凶惡，一隻歡樂，一隻哀傷。

石室內迴盪著華格納雄壯的交響曲節奏。高掛的油畫底下，一張矮几上放著部黑色的厚厚硬皮舊書，打開著那頁這樣寫：

「……凡背叛的，吾等必將祈求黑暗降臨於他。因為背叛是美麗的罪行，乃吾主兒女的遊樂。卑劣的人有福了，他們離覺悟不遠。你們務要牢記，那唯一不可違背的就是黑暗。吾主的先知，那額上有五芒星印記的智者，必將取回背叛者的永生……」

坐在旁邊的布辛瑪沒在看書。這些文字他早就熟讀。《馬撒達詩歌》第八章九至十二節。他伸手把書合起，封皮上以燙金字印著《永恆之書》的英文名稱，下面還有一行細小而形狀不可辨的古怪字體。

乍看布辛瑪猶如希臘神話中的美少年。俊秀得過分的臉看起來只有十四、五歲，唯一可以批評的是那頭不夠光亮的微鬈棕髮。未完全發育的瘦小身體，架起一套樣式古老的西裝，非常的整潔，掛在胸前的金色錶鍊輕輕在晃動。他尖細得像女性的手指正支著額頭，遮掩了苦惱的眼神。

歌荻亞仍然穿著那身巫女黑衣，跪伏在布辛瑪的沙發旁。她的手與布辛瑪的手掌緊緊扣握，兩隻手戴著相同樣式的藍寶石戒指。

「妳還在害怕嗎？」布辛瑪把支額的手移開，關切地凝視歌荻亞，並把她輕輕牽到自己膝前。

「我總是替你添麻煩……」歌荻亞說。從外表看，她像布辛瑪的姊姊多於愛人：「可是我想不透，那個獵人，竟然有這樣的力氣！」

「我想那傢伙是個『達姆拜爾』。」布辛瑪淡然說。

「『達姆拜爾』？是甚麼？」

布辛瑪撫摸著歌荻亞的臉：「假如我跟妳生下一個孩子，他就是『達姆拜爾』。他將繼承我的力量，卻同時以人類的方式生存。」

「有這可能嗎?」歌荻亞的眼睛亮起來：「我們能夠生孩子嗎?」

「受精的機率，大概比一個硬幣掉到地上時直立靜止還要低。」布辛瑪嘆息：「即使生下來，生存率大概也要以小數點後計算。根據記載他們大多出生時連身體的骨架都很脆弱……妳想想，要是這麼容易就能得到一個『達姆拜爾』作兒子，我就不用辛苦創造『默菲斯丹』了。」

「這麼說，我今晚真是遇上了一隻稀有的怪物啊。」歌荻亞露出歉疚神色，緊抱布辛瑪的腿：「對不起，要是我能夠把他帶回來，說不定對你有點幫助。」

「不用道歉。」布辛瑪握起她雙手，在她額上輕吻一記：「這超乎妳的能力。」

他把歌荻亞抱起來放在膝上。她的軀體雖然比他還要高大，但在他手上卻輕如紙造。她的臉緊貼他的頸窩。

「竟然把千年也難得一見的成年『達姆拜爾』也吸引來了，嘿嘿……」布辛瑪的神情透著與臉孔不相配的世故：「事情變得越來越有趣。時間已經不多了。我的『傑克』啊，你在哪裡?沒有了你，一切都沒希望……」

□

**同日**
**早上十時二十三分**
**地底**

拜諾恩醒來時，第一眼看見就是里繪。她嘴裡的紫色泡泡糖吹成了網球般大，手裡捧著杯濃濃的黑咖啡。

「噗」的一聲，紫色的泡泡爆破。

「睡得還好吧？」里繪把咖啡遞給拜諾恩。

他在沙發上慢慢翻身，啜飲已半冷掉的咖啡。

「要吃點甚麼嗎？」

拜諾恩搖搖頭。他感到冷極。里繪早就把洗淨烘乾的衣服疊放在一張椅上，擦乾淨了的黑皮大衣則掛在椅背。他把杯放到地上，拿起大衣。

「慢著，讓我看看！」里繪跑到拜諾恩身後：「哇！不得了！已經結疤了！你施了甚麼魔法嗎？」

拜諾恩匆匆披上大衣：「拜託妳調查的事情怎麼樣？」

「你的東西嗎?我進市警的資料庫看過。最初送到警局時，全都進了證物庫登記。」里繪掏出 PalmPilot 查看：「大約半小時後，一位叫龍格雷的警官把它們全都提取出來。這個龍格雷是蘇格蘭警場的人，我看過報導，『傑克』案件的調查工作就是由他指揮。不過他這個主管應該當不久了。明天就是聖誕節，再破不了案，許多人要丟官。」

拜諾恩猜想龍格雷正是那個在公寓裡的高級警官。

「你的東西可真多：三呎八吋長黑色皮革行囊一具；二呎四吋長鋼製鐮刀兩柄，各連接八呎長鐵鍊，刀柄上有臉譜雕刻；五吋半長飛刀十八柄……」

「貓呢?」拜諾恩不耐煩地打斷她。這女孩真是個「資料狂」。

「沒有紀錄。也就是說還沒被送到『愛護動物協會』之類，也許暫時仍然由警員照料吧?喂，我們現在也算是伙伴，應該有權利知道，你帶著這麼多刀是為了幹甚麼?你……真的不是『傑克』?」里繪的眼神裡帶著強烈好奇。

拜諾恩心裡嘆息。現在的世界怎麼了?竟培養出這樣的女生。「用來狩獵。」拜諾恩神情木然地回答。

里繪沉默端詳著他一會，然後搖搖頭：「算了。反正再問多少次，你也不願意說。」

「事情變得複雜了。」拜諾恩自言自語，抓起白襯衫穿上。

「你要出去嗎?不怕被抓?」里繪收起 PalmPilot。

「我怕。」拜諾恩整理一下衣領。「所以才要去警察局走一趟，把事情搞清楚。順道把我的東西拿回來。」

里繪興奮得微微跳起來。

「太酷了！可以跟你一起去嗎？已經兩個多月沒到過上面。這麼刺激的場面，我想見識見識！」

「妳不是也正被通緝的嗎？那還不夠刺激？」

「雖然說是通緝，可是駭客到底不是暴力罪犯嘛。你可大大不同。對了……」里繪從口袋掏出一串鑰匙：「你需要車吧？我有呢。藍色的九二年『本田』，一點也不顯眼。怎麼樣？跟女生一起走，也可以減低你的可疑程度啊。」

拜諾恩再次嘆息。

「麻煩妳先到外面可以嗎？我要把這條醜得要命的褲子換掉。」

□

**同時**
**蘇活區**

*The Easier We Feed Our Lust*（我們越容易滿足自己的肉慾）
*The Further We Exile Ourselves from Love*（就越往距離愛情更遠處自我放逐）
*Seized by the Army of Information*（在資訊大軍的俘虜下）
*Who Massacre Us with the Gas of Dualization…*（我們慘遭二元化的毒氣屠戮……）

夢囈般的詩句獨白與複雜的電子音樂交織，從廉價擴音箱鳴放，鼓盪於漆成黑色牆壁間。

一面牆壁排滿了九個電視螢幕，播放著不同的地下色情片：有個倒吊的女人全身緊裹在黑皮衣裡、只露出鼻孔、嘴巴、穿著銀環的雙乳和陰部，一個全身古羅馬侍衛服飾的壯碩男人正向她身上撒尿；仍未完全發育的赤裸少女，與一頭幾乎比她還要大的狗纏在一起；兩個南太平洋島嶼的土人在蹂躪一個孕婦……

*We can't Determine how much a Life Weighs*（我們無從權衡生命的重量）
*Until it Dies in a Bizarre Way*……（直至它死於非常……）

小房間裡傢俱不多，正中央是張大床，床單、被褥和枕頭都是黑色的。丹尼爾・迪・齊勒露出全身白皙的皮膚和金色毛髮，卻仍穿著那雙他最愛的皮靴。

被他身體壓著的裸體女人，擁有東方人的嬌小身段，昨夜穿著的紅色背心裙，早被撕成碎片散在床邊。她的身體已經有十幾處骨頭碎裂，失去四顆牙齒。鼻頭的肌肉和右邊耳朵此刻已在齊勒肚裡。短短一小時之內，她已不知昏迷和因痛楚醒過來多少次。

*We Pray Together for Immortality*（我們一同祈求長生不死）

*Yet Know Nothing about Eternity*（卻對永恆一無所知）

*Don't Criticize our Hypocrisy*（不要批評我們的偽善）

*We are the Poorest People in the Richest Country...*（我們是最富有國度裡最窮困的子民……）

一個身穿黑皮夾克和牛仔褲的青年靜靜坐在旁，手裡拿著個皮夾，垂頭盯著透明封套內的機車駕駛執照。駕照上貼的是他自己的照片，他的眼神卻像看著陌生人。登錄的名字是「泰利・威克遜」。

「我真不明白。」「泰利」說話時沒有抬起頭。他的嘴巴動作很僵硬，聲音有點含糊——與死在希斯羅機場洗手間裡的馮・巴度的聲音一樣：「寶貴的血液和能量，你卻花費在勃起上。」

齊勒的臀部動作並沒停下來：「你認為虎之介是不是死在『默菲斯丹』手上？」

「不知道。」「泰利」抬起頭，瞧著電視螢幕裡的荒謬畫面：「但是不像。虎之介的屍體雖然被燒過，但我看得出在被燒前並沒有潰爛。要是『默菲斯丹』所殺，根本用不著燒屍，虎之介會化為一灘濃水。就像崔斯一樣。」

崔斯是齊勒的同僚，一同被「吸血鬼公會」派駐倫敦，負責監察本地成員的行為。兩星期前崔斯卻神秘遇襲，身體潰爛溶化，齊勒馬上把這奇異死狀向上級報告。

消息令「公會」長老為之震驚。能夠這樣瓦解吸血鬼身體的，就只有「默菲斯丹」的血液；而「默菲斯丹」在倫敦出現，亦即「吸血鬼公會」史上最嚴重的叛徒布辛瑪，也匿藏在這座城市。

崔斯遇襲之前的工作，是在調查「開膛手傑克二世」的行蹤。「公會」最初懷疑，近期冒起的這個「傑克二世」也是吸血鬼，而如此引人注目地殺戮是違反「公會」規章的，因此才下令派駐員去查證；而崔斯如此陣亡，「公會」長老馬上斷定「開膛手」就是可怕的「默菲斯丹」，毫無猶疑地一致決議，派遣兩名精銳的「動脈暗殺者」到倫敦來。

在齊勒的衝擊下，女人再度半醒過來，發出絕望的呻吟。齊勒獰笑著，犬齒漸漸變長。動作更激烈，女人的陰部撕裂了，叫聲更淒慘。

齊勒很享受聽著這種叫聲。他第一次聽見時還沒有變成吸血鬼——在巴黎郊區一個馬棚裡，侵犯了一個處女。

已經是超過二百年前事情。那是一個風雲急變的時代，連國王的頭顱也與身體分開了。丹尼爾·迪·齊勒一夜間從貴族子弟變成四處潛匿的喪家犬。革命前他仗著家族的權勢，姦污過三十多個平民少女，滿腹復仇火焰的暴民，正渴望把他當眾處決。

如今那些想要他命的人，連骸骨都早就化為塵土，他卻依然在享受縱慾的第二生命。他由衷地感謝那位帶引他進入吸血鬼之道的長老。齊勒曾經問那位長老為甚麼要挑選他，長老的答案很簡單：「你有一顆邪惡的心。」

善惡觀念從小並不存在於齊勒心裡。父親的教導很清楚：世上最重要的東西，除了生命以外就是權力。革命把父親的頸項砍斷了，同時也證實了他的教誨。

回憶起過去的暴行，齊勒到達興奮的頂點。他拔出陽具，吸血鬼的精液射在女人血肉模糊的臉上，一秒間即蒸發無痕。

——這就是吸血鬼生育機會極低的原因。

齊勒仰躺在女體旁，發出滿足的嘆息：「克魯西奧，我不明白。那『默菲斯丹』到底是甚麼東西？」

「泰利」/克魯西奧收起手上皮夾：「你有讀過《永恆之書》吧？在《索蘭記》裡詳

細記述了第三次吸血鬼戰爭的事蹟。那是千多年前的事了。」

齊勒讀過，那是一場漫長的戰爭，由「噬者」、「血怒風」與「鴆」三族爭奪吸血鬼世界的霸權，持續了逾百年之久。

吸血鬼三大部族裡，「噬者」起源於東、南歐區域；「血怒風」散居於北非及中東；「鴆族」則最神秘，只知其祖先來自「遙遠的東方」。

「到了戰爭末期，『噬者』一族，也就是現在『吸血鬼公會』的祖先，已經處於極端劣勢。」

「我知道。」齊勒回答：「戰爭英雄尤夫．索蘭就在這時崛起，把戰局扭轉過來。」

「那並不是全部的事實。真正的英雄，其實是『噬者』裡一個學者，他從古老遺蹟發現了『默菲斯丹』的創造法。古語『默菲斯丹』的意思，就是『活死人的殺戮者』（Undead Killer）。

「『噬者』組成了一支只有二十人的『默菲斯丹』特攻隊，僅花了三年就把其餘兩族殺個片甲不留，徹底將他們擊潰，只得少數殘餘逃到天涯海角。吸血鬼世界從此復歸統一。

「然而『噬者』不知道自己已經釀成災禍。曾經是王牌兵器的『默菲斯丹』，據說擁有『既不屬於光明也非服侍黑暗』的瘋狂意志，反過來向『噬者』襲擊。在這場災禍裡，三分二的吸血鬼人口被『默菲斯丹』的血液溶化了，最後『噬者』才成功把大地上最後一個『默菲斯丹』消滅。

「此後『默菲斯丹』的創造秘密，就被封存在古殿的最深處。『噬者』的執政團演變成現在的『公會』長老，他們立約永不再開啟這秘密，而它也在歲月中被遺忘了……直至一百二十年前，布辛瑪背叛『公會』出走時，把這秘密也偷走了，長老們才記起曾有這可怕兵器的存在。」

「一百二十年前嗎？」齊勒坐起身：「初代『開膛手傑克』也是差不多那時候出現……難怪虎之介那傢伙這麼肯定，『傑克』就是『默菲斯丹』。對了，為甚麼剛才你說的這些歷史，在《永恆之書》裡都沒有記載？」

「有的，在《索蘭記》的原文版本裡。『公會』長老為了保密，把它們從《永恆之書》的一般版本裡刪掉。要不是接受了這次任務，我也沒資格閱讀原文古卷。」

「那你為甚麼要告訴我？」

「因為我看透了你這個膽小畏縮的傢伙，絕不敢洩露這些秘密。」克魯西奧面無表情地說：「而這次任務太重要了。讓『默菲斯丹』存在，危害到吸血鬼的存續；而對『動脈暗殺者』來說，消滅『默菲斯丹』則是無上的榮耀。我先讓你掌握事情的背景，以免你壞了大事。」

齊勒怯懦地縮起肩膀：「這麼厲害的東西，我們要怎樣應付？」

「當然是先找出布辛瑪。」克魯西奧說：「當年『噬者』經過慘烈的戰鬥後，才找出『默菲斯丹』唯一的弱點：它雖然瘋狂，但唯獨有個人他是絕對不會攻擊的，就是親手創造自己的主人。『噬者』千年前就是用這方法設下陷阱，消滅了其中七隻『默菲斯丹』，但另外三隻的主人早就戰死，結果『噬者』犧牲了上千的戰士，才把他們燒成灰燼。

「原本的計畫，是由我控制布辛瑪，接近『默菲斯丹』並且分散它的注意，讓虎之介以不用接觸身體的『無刀斬』下手。然而虎之介這個貪功的傢伙，卻先死掉了！」

「要等長老再派另一個『暗殺者』來嗎？」

「你要我在長老面前丟臉嗎？折損了虎之介，我已經負上重大責任。就由你協助我吧。」

「我？」齊勒惶然站起來。

「你不用動手。」克魯西奧盯著床上奄奄一息的女人：「布辛瑪和『默菲斯丹』都是我的。我需要這功勞來抵償失去虎之介的責任。」

「我們現在要怎麼做？」

「先到警察局一趟，看看他們昨晚查出些甚麼。不管殺死虎之介的是不是『默菲斯丹』，我都要弄個明白。說不定下手的正是布辛瑪。」克魯西奧說完，他的臉突然不自然地扭曲了一下。

「怎麼了？」齊勒穿著衣一邊問：「你這個『新居所』不適合嗎？」

「不。」克魯西奧撫摸自己胸口：「也許只是這傢伙菸癮發作吧。挺不錯，最少可以多用三天。不過我想，不用過多久就可以換個更好的……」

# 第九章 警察局荒誕劇

**同日**
**中午十二時十五分**
**倫敦市警總局**

查爾斯·龍格雷隊長咬著沒有點燃的菸斗，手裡把玩著一柄屬於拜諾恩的火焰狀飛刀。

他小時候也迷上過飛刀這玩意。就如馬克·吐溫寫過，男孩總是對刀子存有一種神秘的崇拜。他拈著飛刀，估量它的重量。雖然外形古怪，但重量的平衡分布十分好，是優良刀匠的作品。

這裡原是警局其中一間訊問室。沒有窗戶，日光燈管照射下，室內一切都顯蒼白。空調的排放口發出細微低鳴。長桌上堆滿文件檔案和電腦列印資料，還有捏扁了的紙杯和一個積滿菸灰的碟子。桌面僅僅騰出一小塊可供書寫工作的空間。拜諾恩的武器則整齊排在地上。

牆壁上密密麻麻貼滿案發現場、驗屍過程和拜諾恩房間狀況的照片，還有各大小報紙有關「開膛手」的剪報。

一團黑影躍上文件堆。黑貓波波夫靜靜蹲在上面。龍格雷撫摸一下牠的頸項。牠沒有抗拒，半瞇著眼睛。

龍格雷至今仍不能確定，拜諾恩是否就是「傑克」。手上一切都只是環境證據，而那袋血液的抽樣亦早已送到蘇格蘭警場聞名世界的科學鑑定部，以對照所有死者的ＤＮＡ組合，報告還要兩小時才出來。

在倫敦市警察圈裡，龍格雷認識的人不少，但沒有一個給他好印象。最初他們為他預備了一間正式的辨公室，但他看見局裡的聖誕節裝飾就覺得煩厭。寧可借用這房間。

由昨晚至今早，倫敦市內的情況糟透了。自從圍捕行動失敗後，關於「傑克」的謠言到處流傳。對嫌犯外貌特徵的描述，人人以訛傳訛，單是各小報就有最少四種不同版本。市內先後發生廿多宗誤認嫌犯的毆打事件和五宗群體毆鬥。街頭幫派和狂熱宗教份子都自組巡邏隊，四處盤查他們認為可疑的人。喝醉的足球迷與新納粹光頭黨也加入行列。

因此龍格雷決定，暫時封鎖一切關於尼古拉斯·拜諾恩的資料，以免造成更大混亂。

不滿的記者仍守在警察局外頭，因此龍格雷連這個房間也懶得踏出去。他知道自己的名字已在今早報紙號外版上出現了幾十次。

早上十時他接到內政部次長的電話。他只是默默地接受責備。還有甚麼好解釋的？就說嫌犯從自己槍口前溜掉了嗎？

龍格雷到現在仍搞不清楚，昨晚那事情是怎麼發生的。超過一百名警察進行包圍搜索——包括精銳的特警、直升機和警犬——竟然也被突破了。這種荒謬情節，連好萊塢動作片的編劇也不敢寫出來。

在搜集到的證物裡，有件東西最令龍格雷感到興趣：一本厚厚的陳舊札記。作者名叫「約翰．薩吉塔里奧斯」。龍格雷的部下當然馬上調查這個名字，卻至今找不到丁點資料。

龍格雷假定，這可能只是個虛構人物。首先肯定這部札記並不是拜諾恩本人寫的，筆跡與ＦＢＩ送來的拜諾恩手筆紀錄截然不同，而且記事本中的語句，不論文法和語氣都是道地的英式英語。

整本札記都在描述有關狩獵吸血鬼的事。

——我的天，吸血鬼。要是這本札記落到記者手上，足以做一整個月的報導了。

——這傢伙的想像力真棒。要不是腦裡斷了根線，搞不好就是個暢銷小說家了。

無論如何，拜諾恩現在仍是龍格雷心目中的頭號嫌疑犯，主要因為他本來就在美國被通緝。兩年前他就涉嫌犯下亞利桑那州漢密爾頓瓦科街的九人屠殺案。

最令龍格雷不解的是，拜諾恩曾經任職警察和美國特勤局，這在龍格雷的記憶中從未發生過。特勤局負責保護總統等要人，對特工成員的精神狀況有極嚴格評核，按道理一個精神異常的殺人犯是無法通過的。——當然，殺人魔有千百種，他們的心理也無法以常理推斷……

波波夫的叫聲打斷了龍格雷的沉思。

「怎麼了？」龍格雷看著顯得興奮的黑貓。伸手想掃撫牠的背項，卻給被牠閃過了。

龍格雷突然感到一股寒意。他聽不見任何聲音。整個訊問室的空氣像凝結了一樣。

他看見門緩緩打開來。

波波夫躍起來，撲向從門隙閃進來的人。

「對不起，讓你受苦了。」蒼白的手掌抱著黑貓，輕撫牠的頭頸。

龍格雷感到一陣昏眩，張開口卻又無法說話，右手下意識伸向左腋，才記起槍套掛了在椅背。

「請別動。」拜諾恩輕輕把背後的門關上：「我不想傷害任何人。」

「你……你是怎麼……」龍格雷從警廿一年來，應付過最窮凶極惡的北愛爾蘭恐怖份子，處理過無數冷血殺人案，近距離與數千個瘋獸般的球場流氓對峙……

卻從沒有像今天這麼恐懼。

全城警察正在追捕的連續殺人肢解案頭號嫌疑犯，此刻正跟自己面對面。就在倫敦最大的警察局裡。

龍格雷感覺一陣冷風從左耳旁颼過。下一刻他看見，自己的「史密斯&威爾遜」點三五七口徑左輪手槍，已經倒握在拜諾恩手裡。

「對不起，我不是想嚇唬你，只是不希望發生甚麼意外。」拜諾恩慢慢彎身把槍放到地上。

——不可能。人類的動作不可能這麼快。

——但這已是我第二次親眼看見！

「我想你現在開始有點明白了吧？」拜諾恩攤開雙手表示善意。

「明白甚麼？」龍格雷這才發覺，原本咬著的菸斗早就掉到桌子上。他把它拾起來檢視。幸好沒有破裂——這是亡妻送的生日禮物。

「這案件不是你們警察能夠處理的。」

龍格雷有點訝異：拜諾恩說話十分有條理，而且語氣平靜。假如他是「開膛手」，他的心理人格肯定是極端複雜和分裂。

「我也當過警察。」拜諾恩又說：「我知道警察的思維模式。但是這次恐怕不適用。」

「我知道。」龍格雷的意思是他知道拜諾恩曾經當過紐約刑警：「你到這裡來是為了甚麼？」

「拿回我的東西。還有貓。我需要它們。」拜諾恩走到一旁，開始把排列在地上的刃器收進皮囊。「另外是要告訴你：我不是你們要找的人。」

「不是你？那麼你知道有關『傑克』的甚麼嗎？他在哪裡？假如你要洗脫嫌疑，我們可以談談……」

拜諾恩掃視四周，最後在書桌上發現了約翰．薩格的札記。

龍格雷知道此刻自己沒有任何反抗的餘地，就把札記遞給拜諾恩，想站起來時才發覺自己雙膝已然軟弱乏力。

「謝謝。」拜諾恩把札記收進大衣口袋：「你讀過它了吧？」

「可以倒背。」龍格雷為了令自己放鬆一些，把菸斗點燃了。他吐出長長一口白霧：「很棒的恐怖小說。準備甚麼時候出版？送我一部簽名本可以嗎？」

拜諾恩苦笑搖頭。他揹上皮囊，把波波夫藏進衣襟內，朝房門步去。

「等一下！」龍格雷把菸斗緊握在手上：「我不理會『吸血鬼』甚麼的，我只想阻止那怪物繼續殺人！」

「至少我們有這個共識：都知道那傢伙是怪物。」拜諾恩轉過臉來：「有兩件事情要感謝你：一是替我照料貓兒；另外是沒有把我的照片和資料向媒體公開。」

「那不是為了你。外頭已經夠亂了。對了，漢密爾頓的九條人命……同樣不是你幹的嗎？」

「假如你無法相信這部札記上的東西，我們就沒有甚麼好談。」

拜諾恩突然就從訊問室消失了。龍格雷只聽到房門關上的聲音，眼睛卻無法看清對方的身影。

□

里繪額上架著一副橘色眼罩，瘦小的身體包裹在一套深灰色滑雪服裡，加上那件她最喜愛的黑皮夾克，卻仍然覺得很冷。這輛本田太舊了，暖氣系統十分乏力。

她坐在駕駛座，垂頭盯著放在膝上的PowerBook。利用行動電話連接，她正與「地底族」裡的朋友交談。

「記得替我買個Big Mac回來作聖誕禮物。」螢幕上的ＩＣＱ信息說：「我好幾個月沒吃了。」

這傢伙網上的代號是「地獄蝠」（HellBat），真名叫柯林，是「地底族」十幾隊自組樂團裡最棒的鼓手，正在追求里繪．可是她興趣不大。

「再多吃這種垃圾，過不多久你可以用自己的肚皮擊鼓了。」她刻薄地回答。又接到信息。是地底另一個駭客「光學鏡」（Optik Lenz）。「理查老頭剛過來，說『家長』（The Patriarch）想找妳談談。」

「?」

「不曉得。理查好像說，是關於妳要打聽的人名。」

里繪按照拜諾恩請求，在「地底族」裡詢問有誰認識「布辛瑪」或「歌荻亞」，結果完全沒有人知道這兩個名字。她懶得再花時間，在離開前叫人們把這問題傳開去。竟然也傳到「家長」他老人家耳裡了。難道他知道些甚麼？還是只想見見拜諾恩這個新的外來者？

里繪把電腦合上，看看車外四周。對街的警察局外擠著滿滿記者群，一個個冒著寒冷在守候。街上也停滿了電視台和報社的車輛。

抗議警察無能的示威群眾比早上減少了許多，那幅寫著「我們不要血腥平安夜」的布條，無力地倚在警察局外圍牆壁上。

即使就要過聖誕，但近日實在發生了太多可怕的事，倫敦街頭節日氣氛很淡，人們的精神都好像緊繃著。在距離里繪較遠的人行道上，有一堆朝著警局看熱鬧的人，一半以上是失業的流浪漢，他們圍成一個小論壇，新納粹光頭黨員和宗教狂熱份子在中央對罵個不亦樂乎。幾個警察隔在人群外靜靜監視。

雖然難得上來地面，但里繪對這些街景很快就失去興趣，她拿起放在身旁的報紙號外版，上面報導的自然是昨晚巴福特街的圍捕事件，還有之後在倫敦各處引發的恐慌和暴力。

報紙最顯眼處是一幅黑白肖像素描。男人的面相極盡凶惡：細小的三白眼、濃密而亂生的眉毛、厚厚的嘴唇、方下巴爬滿鬍碴……素描手法刻意模仿警察的緝凶拼圖，圖片下那句「傑克想像圖」卻用上小得不能再小的字體。這是小報慣用的手法。

至於昨晚希斯羅機場男用洗手間裡發生的殘殺事件，當然也給媒體算到「傑克二世」頭上。「傑克」這次為甚麼挑男性下手，接受訪問的心理學者也說不出個所以然來。

里繪特別注意到另一條相關事件，報紙編輯只花了一小格來報導：同日有個男人在機場失蹤，名字叫泰利．威克遜……

她不知道，這個「泰利．威克遜」此刻與她距離不足一百碼，正坐在停於同一條街上的紅色「雪佛龍」跑車裡。

□

二十六歲的依莎貝．萊德從警剛滿五年。就職前她當然也考慮過當女警的危險性，卻從來沒想像過，自己的人生會以這種痛苦而恐怖的方式結束。而且就在倫敦市警總局的清潔工儲物室裡。

她沒有掙扎。雙臂的骨頭早已折碎多處，現在就像禮物絲帶般在背後打了結。碎骨刺破皮膚流出的鮮血滲透了衣袖。她的身體俯伏在一個放滿瓶裝清潔液的紙箱上，下身制服被撕碎，肛門破裂的痛楚令她雙腿肌肉痙攣。

比依莎貝矮小一個頭的齊勒緊貼她背項，在她耳邊喃喃說：「妳這個警察可是白當了。不過是那麼一點點資料，連存放在哪裡也答不上嗎？……」

依莎貝絕望地呻吟。她腦海一片空白，意識已完全崩潰，她只希望這種痛苦能馬上結束。

「沒有時間跟妳玩下去了。克魯西奧可是個令人畏懼的傢伙啊……」齊勒左手抓著依莎貝的頭髮，把她的上半身揪起來。他獰笑著，犬齒漸漸變長。

又是那動聽無比的聲音。頸動脈肌肉組織被刺破。齊勒的興奮到達高點。

痛感漸漸隨著血液而流逝，依莎貝的身體放鬆下來。

齊勒右手五指刺破她胸脯，捏碎了肋骨，伸進濕潤內臟的縫隙間，直接握住心臟。他以有如抓著小鳥般的溫柔力量按摩她心臟，手掌一握一放，幫助它繼續鼓動，保持血液流動的速度。他要搾乾她體內每滴溫熱的鮮血……

一種尖銳的聲音從頭頂疾降而下。

齊勒的身體像青蛙般躍離依莎貝，卻還是慢了一點。陽具從中央被齊整斬去，半截遺留在依莎貝體內。

齊勒憤怒無比。吸血鬼是沒有痛感的，而下身的傷口已經開始合起來。他把褲子拉回原位，同時右腿向來襲者蹴擊。動作雖然滑稽，堅硬的皮靴尖端卻帶著足以踢穿混凝土牆的力量。

長劍刺穿了齊勒那心愛皮靴的厚厚鞋跟，沒入足跟肌肉，刃身垂直把腿骨和膝蓋關節破開，劍尖直貫至恥骨。齊勒整條腿被長劍貫串。他無法平衡，身體橫摔在地上。

齊勒雙手按地欲爬起身，可是兩柄銀匕首瞬間把他的手掌釘在地上。

他猛力拉扯轉身，好不容易把手掌硬生生扯脫。此刻他知道自己不是來襲者的對手，對方的戰鬥力比自己高許多。他只想逃。只要會合克魯西奧……

一把雕刻著惡鬼臉譜的鈎鐮刀，深深勾進他背項。連接刀柄的長鐵鍊，繞過橫亙儲物室上方的水管。齊勒整個身體被吊在半空。

「不！」齊勒瘋狂揮舞手腿。「不要！不要！我給你永恆的生命！你可以像我一樣為所欲為！你想像一下，只要看見的女人就可以得到，那是多麼——」

「住口。」拜諾恩沒理會他，俯身檢視伏在紙箱上的女警。依莎貝已斷氣。

「不，你不明白！你不知道我能夠給你甚麼！我給你的是世上最大的快樂！」

「你以為我會喝你那污穢的血嗎？」

聽到這句話，齊勒知道面前這人對吸血鬼的了解甚深。是吸血鬼獵人。他絕望了。對死亡的恐懼令他失控，把剛喝下的鮮血嘔吐出來。眼眶、鼻孔、耳孔、肛門，連剛剛重生了少許的陽物都在流血。全身皮膚毛孔冒出血珠。

拜諾恩想：這傢伙跟千葉虎之介差得太遠，大概不是另一個「動脈暗殺者」吧？

拜諾恩抓著齊勒的腿，把長劍慢慢抽出，用齊勒的外套把血漬抹淨。

「克魯西奧，他會找到你……」齊勒夢囈般喃喃說。

拜諾恩記得，千葉虎之介口中也提過這「動脈暗殺者」的名字。

「告訴我。」拜諾恩把劍刃架在齊勒喉頸上：「這『克魯西奧』在哪裡？告訴我，我就考慮放過你。」

「他是最強的……『暗殺者』……連吸血鬼也害怕他……」齊勒露出詭異微笑：「你也害怕他吧？」

齊勒胸腔裡發出一記猶如氣球爆破的聲音。是他的心臟。因為失去了生存意志，他的心臟自行碎裂了——拜諾恩也是第一次看見這種現象。齊勒的肌肉漸漸收縮乾枯，發出微微腐臭。

——吸血鬼原來有這種特徵嗎？難道只得擁有強烈生存欲望的人才能當吸血鬼？一旦這意志崩潰了，賴以支撐永生不死的邪惡力量也會隨之消逝？

——到了哪天，當我也失去活下去的欲望時，我的身體是不是也會變成這樣？……

□

當拜諾恩從警察局側門步出時，三個埋伏在那邊的記者警覺趨前，從外套襟內提起相機。略略打量了拜諾恩一會後，他們又把相機放回去，沒有按下快門。落拓的拜諾恩在記者眼中，只像個昨夜醉酒鬧事、剛在拘留所睡了一晚的流浪漢。

拜諾恩架上圓形墨鏡，步向里繪的車。

一個比他還要高大的光頭黨青年從旁閃出，拍拍他肩膀。

「老兄，你看來有點可疑。」光頭青年不友善地掃視拜諾恩上下。從他右手擺放的位置，拜諾恩猜出他的夾克口袋內藏著折刀。

「在倫敦，每個人看起來都可疑得很。」拜諾恩摘下墨鏡，凝視光頭青年。

青年的視線瞬間像被吸住，失去焦點。

「希特勒萬歲。」拜諾恩擺擺手。

「嗯。希特勒萬歲……」光頭青年迷惘地說，自行走開了。

拜諾恩坐進本田的助手席上，把皮囊放進後座，重重關上車門。波波夫這時從他衣襟爬出來。

「啊！這就是你的貓嗎？」里繪把 PowerBook 放在一旁，馬上把波波夫抱著：「好可愛！」她用日語說。

拜諾恩拿起放在儀錶板頂上的速食品紙盒，拈起一片炸魚塊放進嘴裡。

「東西都拿到了嗎？」里繪撫弄著波波夫的黑毛問。

「嗯。蠻順利的。」

「你用了甚麼方法混進警局的？竟然連貓也帶得出來。」

「很簡單。我告訴他們：我不是傑克，是ＭＩ６（英國軍事情報六局）派來的〇〇四諜報員，擁有殺人執照（License to Kill）。」

「原來你也會說笑話。雖然不是很好笑。」里繪一拳擂在拜諾恩肩上，這才發現他的皮大衣下襬沾著些血漬。

拜諾恩瞧著沉默的里繪：「現在我又多了兩條罪名：在警局儲物室裡姦殺了一個女警，另外還殘忍地虐殺了一個身分不明的男人。待會妳會在新聞裡讀到。」

「又有人死嗎？」里繪聽完毫不害怕，端詳著拜諾恩的臉：「我還沒搞清楚你究竟是甚麼人物。但看來你已對死亡麻木了吧？我看得出來，你所到的地方都會出現死亡。」

「這種人生可不是我自己選擇的。在我出生時一切都決定了。」

「我記得有個連續殺人魔，在法庭上也是這樣說。」里繪失笑：「你的父母不愛你？」

「我從來沒見過他們。我只知道，自己的父親是隻怪物。」

「我爸爸也一樣。他是那種日本集體主義教育下的產物。更不可思議的是，身為雕塑家的媽媽竟然會愛上這麼一個機器人。」里繪自顧自說著：「是他在加州讀電子工學博士時認識的。詳情他們從沒跟我說。在我十歲時他們就分開了。不只他們，連我也鬆了口氣。最少我可以跟媽媽回美國。日本的學校比監獄還要難受。」

「妳的老爸，跟我那個差遠了。」拜諾恩苦笑。「根本不同級數。」

「我不明白你在說甚麼。」

「妳有宗教信仰嗎？」

她瞧瞧他胸前的銅十字架，搖搖頭。

拜諾恩盯著汽車後視鏡裡自己的眼睛。

里繪腰間的行動電話這時響起來。

電話裡是「光學鏡」的聲音：「快回來。『家長』想盡快見你們。」

里繪很奇怪。要不是真正的急事，「光學鏡」不會直接用電話。任何駭客都不信任它們的保密性。

她馬上打開 PowerBook：「瞧，這是地底的地圖。」

「你們有繪製地圖嗎？」這也許有助找出布辛瑪的巢穴。

「只限於我們居住的部分。」在電腦螢幕上，地底圖與倫敦市地面的街道圖片重疊起來。「這是『地底族』一個地理學家弄的。」

里繪憑著記憶，找出「家長」居處的地點，再尋出其地面位置。

「嗯，是這裡。距離斜榫廣場（Mitre Square）不遠。就在那邊下車吧。」

斜榫廣場也是一八八八年「開膛手傑克」的第四個行凶地點：九月三十日凌晨一時四十五分，四十六歲的酗酒婦人凱瑟琳・艾杜絲（Catharine Eddowes），又名凱蒂・姬莉（Kate Kelly），被發現伏屍於此小小的鋪石廣場上，五呎的屍身仍然溫暖，喉嚨、耳、鼻、眼瞼皆被割破，肚腹給切開，腸臟被掏出置於右肩。

——據說共濟會在處決叛徒的儀式中，也是會把屍體的腸臟放置在右肩上；加上斜榫廣場這名字也代表石匠用的工具，而共濟會相傳源於古代石匠公會組織，因此有當時調查者和後世研究者都認定，「開膛手傑克」連環殺人與這著名的秘密結社有著密切關係。

而當天更奇怪的是，第三遇害者伊麗莎白・史卓德（Elizabeth Stride）僅於不足一小時前，在德菲特場（Dutfield's Yard）被發現，兩地相距卻超過半哩。凶手殺戮欲望之強烈教人不寒而慄，其行動之迅速也令人咋舌……

「我們要去哪裡？」拜諾恩接過波波夫和 PowerBook。里繪轉動車鑰。天氣太冷的關係，她花了半分鐘才把本田的引擎發動。

「帶你去見一個跟你一樣古怪的人——我想他會喜歡你。」

# 第十章
# 家長的秘辛

**同日**
**下午二時零五分**
**地底**

「家長」的居所是地底裡唯一有陽光的房間。

這裡位於地下三十多呎深，陽光並不能直接射進來，但是石室上方有一條已廢棄的曲折廊道，迂迴通往地面，廊道每個轉角處都安裝了大鏡，巧妙地把地面的陽光轉折反射到來這裡。那一小片光剛好落在「家長」的書桌中央。

外面的天空叢雲密佈，透過十多面鏡子送來的陽光很淡。「家長」把手掌攤在書桌上，彷彿想用掌心感受那微微的太陽溫暖。

拜諾恩坐在「家長」對面，默默等待對方先說話。他打量著這個老人：滿頭稀疏而蓬亂白髮的黑人，失去了左眼的臉，溢著通曉世事的智慧光采，那眼睛的疤痕早已滿佈皺紋，看得出受傷已是幾十年前的事。

「家長」伸出他只剩三根指頭的右手，飛快按動書桌上鍵盤。一面電腦螢幕對著拜諾恩那方，浮標吐出字句。

「請見諒。我無法說話。你可以說。我聽得見。」

「家長」張開嘴巴。拜諾恩看見半截斷舌。傷口非常不齊整，並不像被割斷，而是似乎像被別人噬斷……

里繪坐在房間一角沙發上，逗著波波夫在玩耍。

她到來之前已經跟拜諾恩解釋過：「地底族」是個完全自由平等的社區，並沒有統治者，不過在地底住得較久的人，當然也理所當然擁有不成文的權威；而現存的「地底族」居民裡，沒有任何人比「家長」住得更久。他一句話就能夠排解糾紛或是做出重大決定——不過「家長」他很少「說話」。

里繪聽說過，「家長」上次作出重要發言，已經是四、五年前的事。那時候有人把海洛英帶進地底。「家長」一句話後，這東西就被禁絕，不過仍然容許大麻和幾種藥丸。

「你想知道布辛瑪的事嗎？」螢幕上出現另一句。

拜諾恩點點頭。

「家長」凝視拜諾恩好一會，沒有任何動靜，但臉皮明顯緊繃。

「你明白布辛瑪有多危險嗎？」

拜諾恩再次點頭：「我知道布辛瑪是甚麼『東西』。請相信我。我是捕獵這種『東西』的專家。」

兩人相視微笑。那是彼此發現擁有同一秘密的微笑。

「家長」收起笑容，長長嘆息一聲：「終於也有人知道。這種事我從來沒有告訴別人。他們會以為我瘋了。」

「你的創傷……」拜諾恩猶疑了一下：「是布辛瑪造成的嗎？」

「家長」的臉頰抽搐了一下。拜諾恩看見他右目中閃出久藏的恐懼。

「我以為這個秘密，到我死亡那天也不會說出來。」

□

「家長」原名艾卡素．蘇薩。六十年前的他是個虎背熊腰、堂堂六呎餘的法國籍蘇里南青年，偷渡英吉利海峽是為了逃避一宗罪行的責任。

倫敦都市的生活太艱苦了——尤其是對一個外來的黑人而言。他無可避免再度走上犯罪之路。晝伏夜出的蘇薩專門在黑暗中搶劫單身夜歸者。他不帶武器——一雙肌肉虬結的手臂加上身高已經足夠威嚇對方。在故鄉時他曾是拳擊手。

某一夜行人很少，天氣開始變冷，於是他第一次搶劫女人——過去他從不向女性下手，可是這夜他餓得管不了。

女人大概剛滿三十歲，體態豐盈，身上穿的洋裝和大衣看來都是高級品。當蘇薩跟蹤著她時，香水氣味乘著冷風飄進他鼻孔。他記起上一次找妓女已是三個月前的事……

進入濕冷的暗街中。如果蘇薩清醒的話，他或許會對這女人的膽量產生疑惑，可是飢餓和性慾已塞滿他的腦袋。

當奔近那女人時，蘇薩沒有說任何話。還有甚麼好說的？說句「對不起」嗎？他抓著她的肩膀。

女人把雪白的臉轉過來，出奇地美麗動人。蘇薩呆住了，一想到要摧毀這麼美麗東西，歉疚感令他雙膝軟下來。

女人卻在微笑，眼睛裡沒有半點恐懼。

然後她往上看，蘇薩也不由自主地抬頭。

他見到一幢貨倉的屋頂上，站立著個瘦小的男人身影。

那黑影迅疾往他撲下。他眼前一片黑暗。

□

「當我醒過來時，已經在地底。」「家長」的話在螢幕上跳現：「從此我就沒有再回到地面。」

接著幾個月，蘇薩都活在朦朧的意識中。每隔幾天右腿上便有一種奇妙的痠麻感覺，他半張開僅存的右眼，隱約看見有個人伏在他腿上。他清楚感到自己的血液在流失，右腿不久後就壞死被截去，那種痠麻感開始降臨左腿上。

有次他禁不住恐懼而大聲慘叫。冰冷的手掌迅速掩住他嘴巴。一張年輕俊美的臉湊近他。

「我討厭噪音。」那少年冷冷對他說。少年忽然深吻蘇薩，蘇薩感到對方的嘴巴帶著可怕的吸力，他不自禁伸長舌頭，銳利的牙齒馬上切進去，半截斷舌被少年吞進肚裡，蘇薩則因劇痛而再度昏迷。

從此他不敢再喊叫。這是上帝的懲罰吧，蘇薩死心地想。

那個女人每天都會來看他，餵他吃麵包和喝牛奶，然後拿消防水帶把他身上和地上的便溺沖進溝裡。這時他才比較清醒，看見自己全身赤裸，也看見另外兩個跟他同樣遭遇的白種男人，一起並排被鎖在石壁上。

蘇薩連左腿也失去後，女人把他腕上的鎖鍊解除。其中一個同囚已經消失，另一個看來比蘇薩還要虛弱。蘇薩看見他的白皙頸項上有細小的血洞。

女人在照顧他時，好幾次在奇怪地自言自語。蘇薩從她口中知道，那個恐怖的少年名叫「布辛瑪」。原來這就是魔鬼的真正名字。蘇薩拚命牢記著。他想到當自己下地獄後，這個名字也許會用得著。

終於連另一個同囚也不見了。蘇薩猜想不久之後又會有新人加入來。然而沒有，連那個女人也沒來。布辛瑪也已經好幾天沒來吸血。蘇薩鼓起最後的氣力，雙手撐起身體看看四周。

那是條長長的黑暗走廊，唯一的光源來自廊道盡頭一扇半閉鐵門。蘇薩聽到門內傳出飲泣聲。他忘不了這聲音。是布辛瑪。

他知道這是自己最後的機會。他以雙手吃力爬行，朝著鐵門相反的方向進入黑暗中。身後傳來迴盪的嚎叫。蘇薩全身體毛直豎——他以為自己被發現了。可是並沒有人追來。叫聲來自很遠的深處。

「為甚麼？」布辛瑪的悽鳴在石壁間來回激盪：「為甚麼妳就這樣離開？……」

蘇薩不知道自己爬了多久。他沒有停下半刻。過去曾經把沉重沙袋擂打得激烈搖晃的雙臂，即使已經因為長期囚禁而肌肉萎縮，仍然發揮出超乎常人的力量，流血指頭在黑暗中摸索前方每吋粗石。求生意志告訴他，絕不要因為迷路而誤走回頭，因此途中他把所有路徑和方向都深深烙印在記憶裡。

然後他看見第一線光。

□

「那並不是陽光。」「家長」透過螢幕說：「是『地底族』探索者手上的汽油燈。我得救了。此後大約一年，我每夜都作著在黑暗裡爬行的夢。」

拜諾恩沉默著。布辛瑪的女人。他想起歌荻亞。

「這件事情我反覆回想過無數次。」「家長」繼續說：「我猜想是因為那個女人突然去世了，我才有了那個逃出生天的機會。他們倆顯然是愛人。她是魔鬼的妃嬪。」

「你仍然清楚記得通向那地方的路徑嗎？」

「要我在地圖上指出不太可能。但若是親身，我就肯定記得怎麼走。」

「你能帶我去嗎？」拜諾恩站起來。這句話引起里繪的注意。她抱著波波夫走過來。

「家長」的手指離開鍵盤，右眼凝視拜諾恩。

拜諾恩再說：「我知道這對你來說是十分難受的事，但要不這樣做，只會不斷發生更多悲慘的事情——就像你當年的遭遇一樣。」

「家長」伸手推按書桌，座下的輪椅往後滑開，讓拜諾恩看他截斷的雙腿。

「不打緊，我有足夠的力量揹著你走。」拜諾恩仍然堅持。

「家長」咬著牙。他右眼流下淚來，眼瞼在顫抖。

拜諾恩垂頭。他知道面前這老人實在無法承受這種恐懼。「我再想其他的辦法。多謝你告訴我這些。」

「等一下。」里繪說：「我大概知道你們面對怎樣的難題。我有現成的解決辦法。」

拜諾恩和「家長」瞧著里繪。她露出狡黠的笑容。

□

**同時**

警方在位於斜榫廣場東南的庇利斯特街後巷內發現一具恐怖男屍。死者為白種青年，身穿黑色皮夾克及牛仔褲，胸腹遭到不明的凶殘手法破開，內臟多處破碎。

蒐證人員在他的衣袋內發現一張機車駕駛執照，登記名字為泰利．威克遜，初步確定屬死者本人。

現場並未發現凶器或明顯為凶手遺下的其他物件，唯一異狀是屍體旁的地下水道蓋口被打開。警員曾經進入探視，但並未發現凶手循水道逃生的確實跡象。警方目前集中調查，這屍體與剛剛在附近倫敦市警總局內發生的女警被姦殺案是否有關聯。

# 第十一章
# 連線狩獵

## 下午四時二十分
## 地底

透過夜視鏡的綠色影像，地道裡的彎弧與起伏全都清晰可見。拜諾恩一邊小心翼翼前行，一邊瞄著視界左角的小型投影地圖，時刻確定自己所在。

拜諾恩此刻戴著這副頭罩，里繪喚它作「長尾蟲」，由「地底族」駭客裡一名硬體專家製作，原本用於探索地底更多可居住的空間及搜尋失蹤者。

以合成塑膠、玻璃纖維和金屬管拼湊成的頭罩，就像科幻電影《異形》裡的「Face Hanger」幼蟲般，緊緊附貼在拜諾恩頭上。鏡片提供熱源探測和夜視功能外，也能把外間傳送來的電腦影像及資料投射入眼球；兩邊額側有小型照明，在完全黑暗的地道內提供光源；而使用者透過鏡片看到的影像，也可利用內側設置的微型攝影鏡頭收集及向外傳輸。此外當然也附有語音通信的裝置。

拜諾恩腰間掛著一具微電腦，與「長尾蟲」連接，負責處理影音信息。因為要綜合這麼多功能，「長尾蟲」的頭罩達六磅多重，一般人只能戴著它走一段短路程，所以原本設計是要由一隊最少四個人輪流戴著行進。不過拜諾恩擁有非同常人的力量，當然就沒有這問題。

在地底最困難的是信號傳達問題，除非每隔一段路程就架起轉接站，否則無線電波或微波都難以遠距通信。因此他們使用較笨重的方式：有線通信。頭罩的後部連接著那條光纖纜線（也就是名字的「長尾」），一直伸延往里繪的電腦主機。在出發點上豎立著一個繞纏光纖的巨大圓鼓，隨著拜諾恩前進而不斷吐出纜線。他們另外再準備了額外兩筒纜線，加起來足供五公里路程使用。這些昂貴的纜線，是駭客們利用他們的專長「免費」弄來，原本計劃用於架設「地底族」各居所的高速通信網路，不過這項工程還未開始。

夜視鏡對於拜諾恩其實並非必要，「達姆拜爾」本身就有夜視異能，只需要有一點光源就行。但是這路途上的一切並非他自己一個人看到就夠，他同時也要把主觀視像傳輸到里繪的電腦螢幕上顯示。

此刻里繪和「家長」並肩坐在電腦前，看著拜諾恩所見的環境。此外還有好幾個年輕駭客，好奇地站在後面觀看。他們待命協助處理任何突發事故或者裝置故障。

「家長」靜靜坐在輪椅上，專注凝視地道裡的情景。他的膝上放著里繪的 PowerBook，從鍵盤打出方向指示的文字，這信息馬上傳輸過去，直接投射在拜諾恩的眼睛，告訴他該怎麼走。旁邊的里繪同時以光筆繪畫路線圖，並標示拜諾恩即時所在，以協助他不要迷路。波波夫安靜地伏在她腳邊。

由於要靠「家長」的觀察和指示才能找出正確路徑，拜諾恩走得很慢。他左手穿戴著五指都有尖長利刃的硬皮革「刀爪」，右手握著鬼臉鈎鐮刀，前進時一直謹慎戒備。

「尼克，待會脫下頭罩時用你的右手。我怕你會刺穿自己的頭殼。」里繪的聲音透過耳機傳來。她的臉在拜諾恩眼裡閃現了半秒——頭罩的影像傳輸是雙向的，里繪同樣能利用設在電腦上的攝像鏡頭，把她那邊的影像送過來。

「這時候不要開玩笑了。」拜諾恩嚴肅地說：「這種直接投影不會燒壞我的眼睛？」

「放心啦，我們用動物試驗過了。」

拜諾恩苦笑。這女孩把一切都當作遊戲。

——不過這也好。至少她不會多問，我為甚麼要一直拿著刀走。

「家長」的指示又再送來。拜諾恩爬下一段坡道後，瞄瞄鏡片上的時鐘。日照時間已餘下不多。他希望早點找到布辛瑪。假如布辛瑪預備了往地面的逃遁出路，在太陽下追捕他比較容易——吸血鬼雖不如傳說般會被陽光溶化，但在日光下體力大大減弱。

一旦找到布辛瑪，我應該怎麼辦？當然不能馬上把他幹掉，還有太多謎題沒有答案。首先必須弄清楚他跟「傑克」有甚麼關係。布辛瑪是「傑克／默菲斯丹」的創造者，但看來對自己的創造物失去了控制，否則不會讓「傑克」出外殺人而引起「吸血鬼公會」的注意。

但也有可能布辛瑪是故意這麼做——他知道「公會」必定會派遣精銳的「動脈暗殺者」來，這正是測試「默菲斯丹」威力的最佳機會。

拜諾恩想到歌荻亞。

——我可以利用她要脅布辛瑪就範。問題是我做得到嗎？把刀架在一個女人的頸項……

——不。我不相信吸血鬼會真心愛著人類女性。他沒有把她變成同類，只是利用她作為引誘獵物的工具而已。他只想安全地躲在地底吸飲壯男的鮮血，而不必驚動「公會」。

但要是真的能靠著挾持歌荻亞而令布辛瑪屈服，說不定就能夠從他口中得知消除吸血鬼因子的方法，令拜諾恩恢復為完全正常的人類……

如果世上真的有這個方法存在。

□

里繪盯著螢幕裡的地道景象，感覺比玩《OmniLand》刺激得多。

雖然拜諾恩和「家長」都沒有跟她說明，但她已經隱約猜出，拜諾恩要對付的是某種超自然的東西。是狼男？吸血鬼？喪屍？還是外星人？而這還跟著名的「開膛手傑克」有莫大關係！一想到這裡，里繪興奮得有如喝下半打Jolt〔註〕。

她再次專注於螢幕，繼續描繪著那地道路線圖。萬一有意外令光纖纜線斷掉，拜諾恩也可以靠已經畫成的地圖部分從原路脫走。

所有人視線都凝在那主觀影像上。沒有人留意到，一個瘦削的陌生男人就站在他們身後。男人的臉異常蒼白，身穿一套式樣老舊的黑西裝，外面卻包裹著一件屠夫用的皮革圍裙，頭上戴著紳士高帽。

他毫無表情地同樣瞧著螢幕。

□

註：一九九〇年代駭客愛喝的可樂品牌，含有格外高咖啡因。二〇一九年停產。

拜諾恩嗅到腐臭的味道。

「里繪，不要看。」

他沒再等待「家長」帶路，逕自順著臭味的來向前行。

終於，他看見了。

里繪也看見了。跟「家長」所形容的情景一模一樣。廊道兩旁排列著六個赤裸的男人。每具身體都瘦弱不堪。有幾個雙腿和頸側已潰爛得看見骨頭。

拜諾恩把鏡片的夜視功能關掉。頭罩的電筒光照射之下，潰爛血肉的色彩在螢幕上顯露。蒼白的脂肪、淡灰色骨頭、紫色的肉屑……

里繪閉目，緊抓著身旁站立者的手掌。那隻冰冷的手掌也輕輕握著她的手。

「家長」同樣沒有再看下去。他的右眼盯著鍵盤許久，再也無法打出一個字母。

站在後面的年輕駭客許多都不忍再看，有些更幾乎當場嘔吐。其中一個駭客是「光學鏡」──一個二十八歲的金髮男，在駭客裡已經算是「老」前輩。他這時發現那個站在里繪身旁、與她手掌相握的男人。那古舊的衣服和高帽，在「地底族」中其實也算不上最古怪衣飾。但是「光學鏡」實在想不起見過這瘦削男人。是新來者吧，他想。

□

拜諾恩站在「家長」曾經描述過那道鐵門前。門沒有完全關上，露出僅供一條腿踏進去的縫隙，他隱約聽到裡面傳來古典交響樂音。

拜諾恩正在盤算之際，隔著頭罩聽到身後傳來微細足音。

他迅速回身擺出迎擊姿勢。在攻擊前他確定，那不過是一隻渾身灰毛的野貓。

灰貓似乎不害怕拜諾恩，直往他足旁奔過，竄進了鐵門縫隙。

——這裡竟然有貓。是布辛瑪或歌荻亞的寵物？

「我要脫去頭罩了。」拜諾恩再度面向鐵門。

里繪的投射影像再出現眼前。

「小心啊，尼克。」里繪這次不再嬉鬧，認真地關心說：「祝你好運。」

「慢著！」拜諾恩以壓低的聲音呼叫：「不要切換！」

從投射影像裡他看見里繪身旁那個男人的樣貌。

他和里繪還手握著手。

拜諾恩全身毛孔收閉，一股寒意沿著背脊竄上後腦。

——是他！

——竟然就在這種時候！

拜諾恩的心亂到極點。

他迅速作出判斷：絕對不能告訴他們，「開膛手傑克」就站在身旁！只要里繪或「地底族」其他人露出一恐懼，或者做出甚麼不當的反應，都可能立時刺激起那傢伙的殺意……

「答應我，你們現在甚麼都不要做！等我回來！」拜諾恩一邊說著，開始往回頭路走。

「甚麼？你要回來？」里繪氣惱地叫著：「為甚麼？花了這許多工夫——」

「照我說話去做！」拜諾恩把眼罩的機能關掉，只有兩邊照明小燈仍亮著。他拔掉腦後的光纖插頭，垂頭沿著地上留下的纜線疾跑。

在他腦海裡，重現了那個親手握碎慧娜頸項的噩夢。

「你所到的地方都會出現死亡……」里繪這句話，同時也在他心裡響起。

他憤怒地伸出刀爪發洩，在石壁上劃下悽烈的刃痕。

# 第十二章
# 殺人鬼素描

**同日**
**下午五時十三分**
**地底　里繪之工作間**

視訊切斷的螢幕漆黑一片。里繪納悶地等待了一會，最後放棄。

「到底怎麼搞的？」里繪的精神放鬆下來，才發覺自己握著一個陌生人的手。她鬆開手指，可是對方的手卻仍然握著她。

「嗨。」里繪抬頭看著那張蒼白的臉：「怎麼了？好像沒有見過你。剛來不久嗎？」

男人這時也垂下眼睛與里繪對視。這才放鬆手掌。

「大家都很緊張吧？」里繪微笑，卻發覺指頭有點濕潤。

她垂頭，看見那是紅色的液體。

「怎麼回事？」她磨擦一下指頭。並沒有損傷。

「是你嗎?」她握著男人的手察看。

男人手指頭上有一道細小的傷口,仍在滴著血。里繪在桌上堆積的雜物間翻尋,然後轉身向朋友問:「誰拿綳帶來?他割傷了指頭。」

「這種東西誰會帶在身上?」「光學鏡」笑著說:「不過割傷少許,用嘴巴替他吸一下不就行了?」

里繪報以一根中指。一股冰涼感突然貼近她臉頰,又是那個男人的手掌。

原本伏在里繪腳旁的波波夫此刻躍起來,站在桌上激動嘶叫。

「家長」膝上的 PowerBook 翻跌在地。他那隻右眼瞪得不能再大。

里繪感到左邊臉上有一種癢癢的觸感。

男人用指頭上自己的鮮血,在里繪臉頰畫出一條垂直紅線。手指沿著光滑肌膚而下,漸漸接近她頸項。

他的臉容依舊冷漠,可是在他腦海湧現的是無數紛亂的光影、聲音與情緒,以百分一秒為單位交替閃現消失:

碎裂的咖啡杯/煤氣燈熄滅/火焰/豬的屍體/梅莉的笑容/完好的咖啡杯/呻吟聲/梅莉的陰戶/薄雲裡的月亮/狗吠聲/威士忌的味道/火焰/木地板上的血液/鏡裡自己的臉/梅莉的乳房/血液/豬的屍體/月亮倒影在咖啡杯裡/嬰孩的哭聲/火焰

／梅莉的笑容／焚燒的屋／門鈴響起／梅莉乳房上的精液／月亮／豬的屍體／咖啡杯的三角碎片／狗吠聲／火焰／黑暗裡的地道……

最後出現了那道鐵門。跟他剛才在電腦螢幕上看見一模一樣的鐵門。

男人輕撫里繪下巴。

「梅莉……」

## 魏恩．布辛瑪之札記

一八八七年十一月二十二日

……終於找到了。完美無瑕的材料，年輕、健康而冷酷。

單純從外表看，這男人不像擁有如此堅強的體質。我想在屠宰場裡他必定是最瘦弱的屠夫。但是我親眼看見，他僅用一片咖啡杯的碎片，就把那女人的喉管完全割斷。

更美妙是接著的事——他在她的屍體前自慰。然後放火把整條街燒掉。我正好需要這種腦袋。在人間被視為渣滓的這個男人，在我眼中卻是寶物。

當然最少還得等待兩個月，才知道他能否熬過來。但直覺告訴我，這次找對材料了。

一八八八年一月八日

「默菲斯丹」的狀況比我想像中更好。今天他終於睜開眼，在槽管裡凝視著我。我喜歡他這種透明、沒有感情的眼神。

接下來就是最關鍵的血液更換步驟。以這個時代的輸血技術，不會有甚麼問題。我倒是無法想像，古代的前輩們是以甚麼方法把新的血液注入「默菲斯丹」的身體的呢？也許他們那時候曾經發明過某種技術，卻經過多年喪失了；又或者他們每進行數百次手術，才成功創造出一個「默菲斯丹」。這就是戰爭。

三月二十四日

……歌荻亞今天告訴我，「默菲斯丹」曾經跟她說話。他還喚她「梅莉」。我記得「梅莉」就是那個死在他手上的妓女的名字。實在有點意外，他的記憶竟然仍在。

他曾經真的這麼深愛那妓女嗎？我擔心這一點會對他的精神狀態產生嚴重影響。愛的力量從來不可小看。就像我跟歌荻亞。

五月十八日

看來是失敗了。正如千餘年前「噬者」做出的成品一樣。那傢伙根本無法控制。當然他不會傷害我——他會永遠記得我是把他從絕望裡拯救出來，並且賦予他新生命的恩人。但是除此以外，我完全不能控制他的行為。他的靈魂甚至根本不是活在這裡，而是活在那個不斷重複上演的噩夢中。把杯子碎片扎進梅莉的喉嚨，還有最後一次射精——這些記憶對他而言，永遠都是剛在前一刻發生的事。他的腦袋有如不斷播放著同一段落的故障留聲機。

我不應該放棄希望的。對於「默菲斯丹」精神層面的缺陷，必定有某種改善方法，只是以現代的知識還未出現。

再等下去吧，我們有的是時間。最少在戰鬥能力上，他已經是十足完成的「默菲斯丹」，活死人的剋星。即使「公會」找來，我已然握著這張王牌。

八月八日

實在難以形容此刻的心情。歌荻亞就這樣死了。殺死她的是我。

我並不痛恨「默菲斯丹」。他不過是一具血肉造的機器而已。當他割斷歌荻亞的喉管時，眼中看見的仍然是那個妓女。

他到哪裡去了？

無法相信這種結果。噢，歌荻亞。辛苦經營一切，都只是為了跟她一起。然而我們的相聚竟是如此短促……

十月一日

「默菲斯丹」又動手了。必須儘快把他找回來。我害怕的當然不是警察，而是「公會」。我想像得到，「公會」那些傢伙要是得知「默菲斯丹」的存在會有甚麼反應。「開膛手傑克」這個名字騙不了他們太久。

最初寫那封信時，還擔心這個署名有點誇張。可是警察跟記者都全盤相信了。

同時我不禁對創造出「默菲斯丹」感到自豪。他的速度實在太厲害，我不過晚到一步，他就消失無蹤。

為了掩飾，我特別在牆上寫下那挑釁的字句〔註〕。可是報紙上還沒有刊出來。是害怕引起騷亂吧？

十二月七日

他回來至今已經兩個多月，並沒有甦醒的跡象。大概可以放心了。

暫時只能做到這個地步。也許有一天，當我有把握改造他的靈魂時，我會再次喚醒他。要等待多久？一百年嗎？

註：在一八八八年「開膛手傑克」案第四遇害者凱瑟琳・艾杜絲的伏屍地點附近，警方在一道門上發現疑為凶手寫下的字句「The Juwes are The men That Will not be Blamed for nothing」，因此有調查和研究者推斷「傑克」本身是猶太人，又或是反猶太者故意嫁禍；另有人則認為「Juwes」一字源於共濟會典故，並非指猶太人。

# 第十三章
# 血之地下室

**一九九九年十二月二十四日**
**下午五時二十分**
**地底　布辛瑪之居所**

布辛瑪從老舊的木櫃中挑選出一張華格納交響曲的黑膠唱片，由英國皇家交響樂團演奏的版本。他纖細的指頭，溫柔地把唱片從紙封套抽出，輕輕放在唱機圓盤上。

「歌荻亞……」布辛瑪放下唱針時輕呼：「妳到哪裡去了？過來陪我一下。」

穿著巫女黑裙的歌荻亞在前廳出現。

她的步履失去往日媚態，踏步顯得僵硬。棕色的眼睛毫無感情，雪白臉上彷彿鋪著一層薄薄鉛色。

她行走時雙臂直直垂著沒有擺動，右手提著一件東西。那東西濕漉漉的，沿途在地毯上滴下液體。

唱針猛烈刮過唱片表面，揚聲器發出一記慘叫般的銳音。

歌荻亞的嘴唇扭曲著微笑，她把手上的東西拋到布辛瑪跟前。

一具腹腔破裂的灰貓屍體。

布辛瑪緊握雙拳，俊美的臉扭成一團。

歌荻亞隔著衣衫捏弄自己的胸脯：「這就是你的愛人嗎？她是第幾個？」聲音顯得重鈍生硬。

布辛瑪閉起眼睛。

「是第四個——第四個歌荻亞。」

「每一個的樣子都很相似吧？」「歌荻亞」的手撫摸著自己的臉：「的確是美麗的女人。就是為了這樣的女人，你就要背叛『公會』？」

「是為了愛。」布辛瑪恢復冷靜。「你不會理解。我比你多活了三百年。經過這麼長久的孤寂，你才會明白自己缺失了甚麼。」

「歌荻亞」冷笑。「你既然這麼愛她們，為甚麼要眼看她們年老死去？為甚麼不索性把她們變成同類？」

「那跟殺死她們沒有分別。只有人類女性才懂得愛。她們也是這樣相信。」

「『愛』嗎？多麼遙遠的東西……」

「你永遠不會懂，克魯西奧。」布辛瑪雙手指頭變長，棕髮聳動，獠牙突出嘴角。「你自出生開始從沒有被愛過，也從沒愛過人。」

歌荻亞／克魯西奧拉起裙裾，大腿內側淌著鮮血。「她的子宮舒服極了。不愧是布辛瑪先生深愛的女人。」

「你想要命的話，快點離開她的身體！」

「現在能夠下命令的人似乎是我啊！」克魯西奧笑得胸脯亂搖：「這個女人能否活命，全操在我手裡。你要動手的話請隨便。要刺穿她的子宮嗎？當你出手時，也許我已鑽上她的胃囊，或者躲在她兩邊肺葉之間。我每移動一次，她的內臟也就爛掉一片。你想試試嗎？」

「不打緊。我可以再找第五個歌荻亞。」

「是嗎？」克魯西奧冷冷凝視著布辛瑪。

布辛瑪像洩了氣般，獠牙收縮不見。

「你看。你所說的『愛』給了你甚麼？」克魯西奧嘲諷著：「它不過令你變成軟弱的廢物而已……」

布辛瑪的手迅速抓向唱機。黑膠唱片化成一道灰影，旋飛向克魯西奧。

克魯西奧躍高閃過，雙足反蹬天頂石壁，飛襲向布辛瑪。

布辛瑪沒料到，克魯西奧竟閃過這一擊。他一直以為這個「動脈暗殺者」的專長只是侵佔別人的身軀。

歌荻亞/克魯西奧的指甲抓破了布辛瑪的臉。布辛瑪遠遠躍開，血痕開始在癒合。唱片此時才碰上石壁而碎裂。

歌荻亞的肉體本身不是吸血鬼，無法承受這種激烈迅速的動作。發出爪擊的手臂斷掉了骨頭，軟軟垂在一旁。

克魯西奧把掛在壁上的古劍取下：「你真的不愛惜這女人嗎？」

「我知道她寧可死在我手上，也不願意再讓你多玷污她一秒！」布辛瑪的手指比剛才更長，甲尖閃出銳芒。

克魯西奧刺出古劍。這是布辛瑪家族的遺物。在千多年前第三次吸血鬼戰爭裡，發明了決定性兵器「默菲斯丹」的吸血鬼考古學者伊坦爾·布辛瑪，就是現在魏恩·布辛瑪的祖先。

布辛瑪雙掌往胸前合攏，把劍刃中段挾住。他毫不疼惜這柄彌足珍貴的古董，合掌扭動把劍刃折斷。

布辛瑪雙爪一秒間發出二十多次攻擊，欲把眼前這具他曾經迷戀的女性軀體撕碎。他沒有流淚。吸血鬼是無法哭泣的。

克魯西奧以半截斷劍奮力抵擋。另一條臂膀也毀了，被布辛瑪撕去大半肌肉，露出森森白骨。

布辛瑪十指插進對方的胸口中央，血液激噴。

正當布辛瑪準備發力把歌荻亞的身體掰成兩半時，克魯西奧放鬆了對歌荻亞的控制，一瞬間歌荻亞的意志甦醒，以悲哀的眼神瞧著布辛瑪。

歌荻亞瀕死的蒼白面容彷彿半透明。在布辛瑪眼中，這張臉與過去三個已逝的歌荻亞的臉孔重疊融合在一起，化為另一個女人。布辛瑪想起來了。那是自己的母親……

布辛瑪全身像失去力量，憐惜地收回雙掌，緊抱著歌荻亞。

「一切都完了……」

一團血肉自歌荻亞胸前傷口中彈射而出。

在極近的距離下，布辛瑪看見了「動脈暗殺者」克魯西奧真正的眼睛。

# 第十四章
# 超高層死鬥

**同時**
**地底　里繪之工作間**

她記著拜諾恩的命令，也記著拜諾恩聲音中帶著的驚懼。

「梅莉……」「傑克」來回撫摸里繪好一會。她感覺像有隻蟑螂在自己的臉上爬，只能緊閉眼睛。

處女里繪那年輕而畏懼的臉，泛著一股難以形容的貞潔，「傑克」看得呆住了：

「不，妳不是梅莉……」他的手掌伸向她喉頸。

「慢著！你要找一個叫梅莉的女人嗎？」里繪顫聲說：「我替你找她！」

她慢慢站起身。「傑克」並沒有作出反應，呆呆留在原地。

四周的人都沒有動。他們都聽出來，平日嬉皮笑臉的里繪此刻異樣地認真且緊張。

那雖然只是個平凡的瘦削男人，卻散發著一股令人寒顫的氣息。

「怎麼辦？」其中一名駭客問「光學鏡」。

「光學鏡」托托眼鏡：「不知道。只好聽『速吻』的說話，暫時不要動。」他們都把目光投向「家長」。「家長」朝他們微微擺手，示意他們也遵從里繪的吩咐。每個人都看見他臉上的冷汗。

里繪以顫抖的手在書桌上翻尋好一會，終於找到一張磁碟，上面的標籤只簡單寫著「F-Faces」。

「請你等一等……」她把磁碟插進電腦裡，啟動一個觀賞圖片的小程式，以它開啟磁碟裡的檔案。

一幅女性相片顯現在螢幕上。「是她嗎？」里繪問。「傑克」好奇地看著螢幕上那張臉，然後搖搖頭。

里繪按一下空白鍵，螢幕切換到另一幅相片。「傑克」再次搖頭。

「F-Faces」是里繪從網上收集的女性面相資料，是她用以拼湊不同假身分的素材，她記得磁碟上共有一百多張相片，這至少夠拖延一段時間。

——尼克你快點趕回來……

「傑克」突然撲向螢幕的動作，嚇得里繪幾乎哭出來。那是第十三幅相片。

「梅莉……」「傑克」悽啞地呼叫。里繪看看相片裡的女人。紅髮，將近四十歲，略胖的臉已鬆弛。

——怎也想不到真的找出「梅莉」！不，大概只是樣子很相似……

「梅莉……」「傑克」手掌緊貼螢幕滑下，發出刺耳的刮音。

里繪看見，「傑克」五根指頭上突出了一些尖銳的白色東西。

「她……在哪裡？」「傑克」右手抓住里繪的手腕，握得她痛楚得咬著下唇。他的左手舉在面前。五指長出了達半呎長的白色「骨刃」。

里繪身後那些駭客禁不住驚呼後退。

「家長」盯著「傑克」的凶狠眼睛。在那眼睛的反射裡，他彷彿看見自己六十年前的慘劇飛快重演：黑暗的地道、自己腐壞的雙腿、鎖鍊、布辛瑪吞下斷舌時喉結在顫動……

可是「家長」此刻突然不再感到恐懼。他看著自己這副殘軀。還有甚麼好害怕的？即使死後到了地獄又如何？我已到過那裡一次。而且曾經跟魔鬼面對面……

他缺去指頭的雙掌，猛力按在輪椅手把。輪椅仍鎖緊在地上。雖然已經很蒼老，但多年來沒了雙腿的「家長」，並沒有失去當年艾卡素．蘇薩自豪的臂力。

稀疏白髮飄起來。「家長」藉助臂力將自己推出去，撲向「傑克」。

里繪趁這機會摔脫「傑克」的手，驚懼地後退，卻被「家長」的輪椅絆倒。

在她站起來同時，四周的人發出洪水般的驚叫，全都往外奔逃。

她看見了。

「傑克」和「家長」面對面擁抱。五根白色的尖骨從「家長」背後緩緩透出，然後是整隻血淋淋的左手，掌心握著「家長」已停頓的心臟。

「家長」的屍體倒下後，「傑克」那張陰森的臉再次呈現在里繪眼前。五根「骨刃」似乎生長得更長、更尖銳了。

「傑克」一步一步朝里繪接近。她沾血的臉在顫抖。

一團黑影出現在她腳下前方。是作出了撲鬥姿勢的波波夫。

在「傑克」眼中，黑貓波波夫卻是一頭小豬。他在變成「默菲斯丹」之前，曾經屠宰過數百隻那種可憐動物。

里繪搖搖頭，想把波波夫抱走，卻發覺自己因恐懼而全身僵硬。

「傑克」半蹲下來，準備進行「屠宰」——

在里繪眼中，「傑克」的身體剎那變成一團稀薄的影，彷彿電腦製造的特殊視效。

這其實是「傑克」高速轉身造成的錯覺。

七柄火焰狀飛刀從他左後方襲來，與「骨刃」交擊反彈飛開。

里繪終於哭了。不是因為恐懼，而是因為看見飄揚的黑皮衣。

大衣同樣化作薄影。她看得目眩，只隱隱見到兩團影子交纏，聽到綿密的硬物撞擊聲。每次發出這聲音時，兩團影子都稍微變得實在，接著又回復稀薄。

一柄銀色長劍從兩團影子間彈飛出來，刺進石壁後，劍柄仍在激烈擺盪。里繪認出是拜諾恩的兵器之一。

接著飛出是那支皮革製的刀爪，指部的利刃插著「傑克」的紳士帽。

兩團影子其中之一突然飛快往後退，另一團則緊追而上，一起往石洞遠處消失。里繪認得那是通往地面出口的方向。

她現在才能鬆弛下來，重重跪倒地上。波波夫撲進她懷裡，她感激地撫摸著牠。

一切就像短促的噩夢。但並不是夢。「家長」被洞穿的屍體就在她身旁。

里繪任由淚水湧出，沖洗她臉上血污。她完全無法思考，眼裡看見的只有「傑克」可怕的臉。

「里繪，妳還在嗎？里繪！」耳邊發出這急切的呼聲，卻又似乎很遙遠。

過了十多秒後她才辨別出：那是來自耳機的聲音。

拜諾恩的聲音。

**同日**
**晚上六時十分**

## 倫敦塔橋北端

倫敦冬季的這個時候，天色當然早已經全黑。稀薄的雪雨又再降下，濕滑的街道反射著燈光。

拜諾恩右手指間挾著三柄飛刀，左手盤捲著鉤鐮刀的鐵鍊，在商業區街道上走過。行人稀少不只因為冷，也因為是平安夜。上班族不是提早下了班，就是仍留在辦公室裡舉行第一輪的派對。

拜諾恩再次檢視身體。沒有受傷很幸運。「默菲斯丹」的速度太可怕了，要不是一開始佔了先機，此刻身體也許已支離破碎。拜諾恩跑得很快，不時回頭張望。

「里繪！妳還在嗎？里繪……」他仍然戴著「長尾蟲」頭罩，朝麥克風呼叫著。「長尾蟲」除了光纖傳輸外，也可切換為電波通信模式，方便在地面使用。在地面時可以「借用」電話公司的無線通信線路，再接駁「地底族」駭客架設的網路，但只限於聲音而沒有視訊。

仍然沒有回音。拜諾恩無法判定，是里繪已經離開了崗位，還是信息無法接通。

最少已成功把「傑克」誘離了地底，否則不知會有多少「地底族」遭殃。拜諾恩對「家長」的死歉疚不已，畢竟是他把這個老人捲入血腥之中。

「尼克……」里繪無力的聲音終於在耳機裡響起。

「妳沒有受傷吧？」

里繪在他看不見的另一端搖頭：「還好……對不起，剛才我的腦袋完全失控……」

「不要說那些話。」拜諾恩心想，令這女孩受到這種程度的心靈衝擊，自己才應該道歉：「妳還好吧？振作一些。我還需要妳的幫助。」

這句話令里繪振奮不少。此刻「地底族」已經把「家長」的屍首抬走。包括「光學鏡」在內的駭客在協助她重整網路系統。

「不打緊，要甚麼儘管開口，這裡有很多好助手。那個……傢伙怎麼樣？」

「暫時擺脫了他。說不定下一刻就會找上我。」拜諾恩通話時仍在四周張望：「我需要找一個地方解決他。一個不會傷及旁人的地方。最好是室內。」

「你在哪裡？」

拜諾恩稍稍形容了身邊的街景，里繪已經確定他的所在。「是在聖嘉芙琳道的商業區吧……」她思考了一會。「太好了！正好有這個地方！你找找看，有一幢還沒啟用的商業大樓，最高的那棟，而且窗戶沒有燈光。」

拜諾恩馬上找出來。距離他只隔兩條街。「這地方有甚麼特別嗎？妳的聲音很興奮。」他一邊說著，已往那大樓奔去。

「網民大樓」（The Netizen Tower）外牆全為玻璃幕壁及藍色金屬支架，樓高六十六層（整體高度九四二呎），是由歐洲崛起最快的網路供應及服務商「網民企業」（Netizen Corp.）獨資興建的最新「智慧型大樓」：全廈的基本設備包括升降機、保安、空氣調節、電力、系統等都由大樓的中央電腦主機控制，辦公室的內部及對外通信網路也符合未來「無紙辦公室」的構想，如預設「視訊會議」用的光纖網路及遠距衛星通信等。

「網民大樓」原定在一九九九年除夕夜正式啟用，但由於房地產景氣低迷及施工延誤，啟用日期推延至二〇〇〇年三月三十一日。

它亦正好是駭客「速吻」準備破解的下一個對象。雖然「網民大樓」因未正式啟用而還沒開放對外線路，但里繪早已透過其他管道，搜集到有關大樓電腦運作及保安系統的設計資料，並且進行過多次「模擬破解」。

里繪此刻已經把記錄了「模擬破解」的硬碟找出來，與自己的電腦連線。

拜諾恩到達大樓正門。

「尼克，從後面停車場進入比較容易……」

「沒時間了。我感覺他正在接近。」

玻璃幕門破碎，警鈴發出銳鳴。

四名警衛還沒確定發生了甚麼事，拜諾恩已閃身到他們跟前。來不及施以催眠了。

他把其中兩人擊昏，再從昏迷者腰間取出手銬，把另兩人的手腕迅速鎖在對方腳腕上。

「接著要怎麼辦？」拜諾恩大聲呼喊。警鈴加上警衛的叫罵太吵了。

里繪瞧著螢幕上的大樓建築藍圖。那螢幕有五條「傑克」遺下的刮痕，看著時仍令里繪心有餘悸。

在她的指示下，拜諾恩破門進入電腦控制室。

「你要找的是外接用的光纖傳輸線路……」

曾經是保安專家的拜諾恩，很熟習操作通信設備，這倒難不倒他。兩分鐘後他已把通往大樓主機的其中一條光纖纜線接上了腰間的微電腦。

「要切斷通話。」里繪說：「我要繼續連線才可以控制這大樓的主機。把『長尾蟲』留在這裡吧。」

「早就想脫掉這玩意。」拜諾恩把微電腦解下，輕輕放在桌面。「可是我要怎麼跟妳通話？」

「這座大樓就是我們的通信設施啊。別忘了從警衛身上取一個話機。」

拜諾恩脫下頭罩，離開電腦室回到大堂。這時他才有空觀察大廳的環境：內部設計全都奉行簡約與標準化主義，壁面、沙發、櫃台等都只使用金屬及塑膠素材，而且貫徹地只有橘、銀、黑三種顏色。中央是「網民企業」的巨大商標雕塑——「零」與「一」兩個數字的奇妙幾何結合，通體以矽製成。

六具高速電梯全停在這層，並沒有亮燈。

為了警衛的安全，拜諾恩把他們通通抬進一個儲物間裡，並且把門反鎖。

警鈴聲突然消失。拜諾恩知道里繪成功了。

「尼克，還好嗎？」里繪的聲音透過大廳隱閉的揚聲器傳來。「我看得見你。」一具保安錄像機向拜諾恩快速搖動了兩次——里繪把它切換為手動，以遊戲搖桿直接操作。

通過「長尾蟲」的無線電波聯繫，里繪與其他駭客合力很快就成功把「網民大樓」的控制系統全盤接收。由於在「模擬破解」時他們早已預先完成了大部分計算，加上拜諾恩身在現場取得最直接的傳輸通道，里繪的入侵程式有如熱刀切進牛油般輕易。取得控制權後，他們下令主機開啟對外通信線路，也就不必再依賴不穩定的電波通信了。

拜諾恩戴上從警衛身上取得的通話耳機：「現在只等那傢伙出現了。」

「尼克，現在可以告訴我了嗎？那可惡的傢伙是甚麼東西？難道就是——」

「靜下來！」拜諾恩取下耳機，把「達姆拜爾」的超人聽覺提升至高點。

在碎裂的玻璃門外，細碎的雪雨之中，他聽見了異音。

是尖刀刮過柏油街道的聲音。

「來了。」說話的是「光學鏡」。他負責監視正門外的保安攝像機：「我的天……」

螢幕裡出現的「傑克」身影有如一隻長臂猿，雙手十指上的「骨刃」長得不合比例，刃尖在地面上拖行，在道路上刮出長長痕跡。

「怎麼辦？」里繪問。

拜諾恩以行動作答。他奔到其中一座電梯門前。

里繪向另一名駭客打個手勢。他馬上會意，把拜諾恩面前的電梯門開啟，同時切斷其餘五具電梯的動力。

是「傑克」踏著碎玻璃的聲音。

拜諾恩走進電梯，回過身來，正好與「傑克」遙遙相對。

里繪透過攝像機觀看這緊張的對峙。

「傑克」的西裝和皮革圍裙被拜諾恩割破多處，他陰沉的眼睛直視拜諾恩。

「我認得你……布辛瑪先生的……敵人……」

「關門。」拜諾恩發出號令。

在收窄的門隙間，拜諾恩看見殺人鬼正朝他全速衝過來。

電梯門關上——

——十根「骨刃」刺穿金屬門，刃尖近在拜諾恩眼前——

電梯瞬間爬升，有如一具反方向的斷頭台，把「骨刃」爽利地鍘斷了。

拜諾恩的冷汗從額角流到下巴。他低頭凝視地板上那些斷骨。

「要到哪一層？」里繪問。

「最頂層。」拜諾恩趁這時間檢視身上剩餘的兵刃：尼泊爾彎刀一柄、鈎鐮刀一雙、飛刀十八支、銀匕首一雙。他需要一柄長兵刃，對抗「傑克」能夠不斷延長的「骨刃」。

可是在一座現代化大樓裡，要從哪裡找這種東西？

「尼克！」里繪呼叫：「他又來了！」

她在螢幕裡看見，「傑克」已從大廳消失，電梯外門被強行拉開。

拜諾恩伏下，把耳朵貼在電梯地板。

「這傢伙……」

「傑克」雙爪又再長出新的「骨刃」，並且以驚人速度沿著電梯槽向上爬行。

高速電梯停住了，到達六十六樓，門外的廊道亮著黃色的緊急照明燈光。

「尼克你先走，讓我們試著對付他！」

拜諾恩猜到里繪要用甚麼方法，馬上奔出電梯。電梯內發出警鈴聲。里繪把升降鋼索上的安全鎖解除。

電梯帶著呼嘯聲全速下墜，兩秒後在三十九樓撞上「傑克」的身體。

「下地獄去吧！」里繪在螢幕跟前興奮呼叫，就像打破了電腦遊戲的最高得分紀錄。

「傑克」卻沒有因撞擊而跌下，反而以「骨刃」抓著電梯廂底部。

電梯繼續下墜——

「傑克」已穿透底部進入電梯內，猛然向上跳躍——

電梯墜落底坑，轟然化為一堆廢鐵。里繪和眾駭客再次歡呼。

然而「傑克」並不在那堆廢鐵當中。他早已突破電梯頂部。因為慣性的關係，身體仍在快速下墜，但他從兩邊伸出雙爪，輕鬆在八樓的電梯軌道間煞住。

「成功了，尼克！」由於電梯槽內並沒有保安攝影鏡頭，里繪還未知道真相：「我把那怪物給壓扁啦！」

「看來妳要失望了。」拜諾恩在異常寂靜的辦公室走廊裡，已經聽到「傑克」再度沿著電梯槽爬行的聲音：「繼續引路吧。另外要替我找些工具。我想到了擊敗那傢伙的方法。」

□

「開腔手傑克」——曾經震驚人間的殘酷殺人鬼，同時也是吸血鬼世界封存了逾千年的秘密兵器「默菲斯丹」，「吸血鬼公會」前長老兼天才學者魏恩．布辛瑪的心血傑作。

他的前半生已是永久的秘密，隨著一八八七年倫敦東端區貧民窟一場火災而葬送。

此刻他走在百年後陌生世界的現代化高樓裡。往昔的殘缺記憶，永遠在他腦海裡重複閃現。除此之外，他能夠記得的就只有兩張臉：一張是他的主人布辛瑪；另一張則是他要殺死的那個身穿黑大衣的長髮男人。

當他終於攀上「網民大樓」廣闊的天台時，那個男人正在細細雪雨中等待他。

尼古拉斯．拜諾恩——在奧地利精神病院出生的孤兒，母親是匈牙利裔修女，甫生下他即發狂而死。經過二十七年毫無意義的人生後，他才發現自己的宿命——自他的吸血鬼父親遺傳得來的宿命。

此刻的他背向虛空，站立在樓頂最邊緣，再退一步即粉身碎骨。黑暗天空中灰雲如浪翻湧，冰冷的風吹得他的長髮與大衣飄揚。他右手斜斜挽著一根從樓頂折下來的金屬旗桿，長達十四呎，末端以鐵絲束著尖銳的銀色匕首。

「我並不恨你。」拜諾恩在疾風中呼喊，儘管他知道對方大概不會聽明白。「你跟我很相似。我們都是邪惡的吸血鬼為了滿足慾念而創造出的悲劇。不。你比我要可憐。你根本不知道自己幹著些甚麼。」

「可是我必須殺死你。現在。就在這裡。不可以再讓無辜的生命斷送在你的瘋狂下。我必須殺死你——正如到某一天，當我變成跟你一樣瘋狂時，我也必須殺死自己。」

「傑克」的衣衫幾已完全破碎。此刻不單是雙手十指，連兩邊肘尖也伸出了粗長「骨刃」，脊樑的每一節長出了尖釘般的白骨，垂直排列在皮膚外。

「傑克」的臉仍像是冰雕般冷，但拜諾恩看得出他的痛苦。「傑克/默菲斯丹」與吸血鬼不同，他擁有人類的痛覺。拜諾恩想像得到，每一根「骨刃」從體內透出皮肉時那椎心的痛楚。

「傑克」開始奔跑過來。身上的「骨刃」在狂亂揮舞。拜諾恩緊盯著對方，心裡估計著雙方交鋒的時機。

「傑克」的戰鬥意識，明顯被剛才的電梯襲擊刺激起來，因此身體上長出更多「骨刃」。此刻他的速度又提升了。

如何戰勝比自己快的敵人？拜諾恩想起恩師彼得·薩格。薩格不過是普通人類，卻能夠成功狩獵十一隻吸血鬼——雙方那體能上的差距，比現在拜諾恩與「傑克」之間大得多。

薩格仗以致勝的只有兩個要訣：地利與時機。以陷阱禁制獵物的活動，並在最有利一刻發出最有把握的一擊。這是自從人類開始狩獵維生以來，經歷萬年仍行之有效的訣竅。

——我只有一次攻擊的機會。

「傑克」全身撲向拜諾恩。那並沒有招數可言。恐怖的殺戮兵器「默菲斯丹」是不需要技巧的。

拜諾恩也躍起了——往後方。

九百四十多呎的虛空。這就是拜諾恩設下的狩獵陷阱。

「傑克」的力量還是比拜諾恩估計強一點。他乘著跳躍的餘勢，左腕揮起五根「骨刃」，直貫向拜諾恩頭臉

拜諾恩不得不以旗桿尾端反撥抵擋。金屬旗桿失去了三呎長一截。

兩人同時往下急墜。

「傑克」本能上想借著拜諾恩擋擊的反作用力，把自己盪回天台上，但已經太遲。他撞裂大樓的玻璃幕壁面，身體又再朝外反彈，繼續下墜的旅程。

拜諾恩的卻在掉下大約二十呎時突然停止。他腰間緊縛著擦窗工人用的安全帶。那猛然勒緊的力量令他皺眉。

纖維安全索雖然不像高空彈跳裡使用的那種，畢竟也帶著彈性。他的身體因繩索反彈而向上拔升了數呎，接著又墜下，如此反覆數次那力量才完全消滅。

「傑克」則一直沿著壁面下墜。他身上各處又長出更多「骨刃」，原有的也暴然延長。「傑克」雙爪猛地抓進壁面，把玻璃幕擊得粉碎，「骨刃」斬破了金屬支架。他如此重複三次，終於令身體的墜勢慢下來，「骨刃」成功勾住第二十八層的外壁。

拜諾恩雙足貼在壁面，身體水平朝下，俯視下方遠處的「傑克」。安全索在他身後緊繃

如弓絃。

「傑克」開始沿著壁面向上走：他的雙足趾頭長出了鈎狀的骨頭，突出皮鞋外。他也跟拜諾恩一樣成水平，只是臉卻朝向上方。他利用足上長出的「骨鈎」，如履平地般在高樓壁面上奔跑，再次追擊向拜諾恩。

拜諾恩左手從大衣底下拔出尼泊爾的廓爾喀彎刀。

「傑克」有如一輛高速行駛的壓路機，每一步都發出金屬和玻璃碎裂的聲音。

他的身影反照在水藍色玻璃壁上：全身都長出尖刺或倒鈎的他仿如一隻大刺蝟，那無數銳骨既是武器，也成了他的甲冑。

兩人相距離已不足二十呎——

——是時候了！

拜諾恩反手以彎刀割斷身後安全索，雙腿同時在壁面上猛蹬。

他拋棄彎刀，雙手緊握臨時用旗桿改造的長矛，身體與矛槍成一線垂直，有如疾射向下的箭矢！

拜諾恩的身體向下俯衝，「傑克」朝上奔跑卻要跟重力對抗。這個差距，再加上拜諾恩蹬躍的力量，他的速度在這一刻終於超越了「傑克」。

拜諾恩緊盯「傑克」一身尖骨之間的一點空隙——

旗桿尖端的銀匕首，閃電沒入了骨叢內。

拜諾恩的手掌感覺到，兵器刺進軟綿綿的血肉。

「傑克」首次發出嚎叫。

長矛繼續貫穿他身體。

「傑克」雙足上的「骨鈎」，終於因為這猛烈的衝擊而脫離壁面。

拜諾恩用餘力最後一次推動金屬旗桿深入敵人身體，然後放開手掌。

「傑克」在拜諾恩眼中漸漸變小——因為攻擊產生的反作用力，拜諾恩的下墜速度比「傑克」慢。

拜諾恩掏出鈎鐮刀，迅速往下揮擲。

鈎鐮刀帶著鐵鍊擊破了一面玻璃壁，刀刃深深斬進第四十一層的辦公室地板裡。

他的身體下墜越過那一層。鐵鍊拉緊。拜諾恩的身體再度止住。

在他足底下發出爆炸般的轟響，迴盪於寂靜的商業區高樓叢之間。

「傑克」刺蝟般的身體墜落在大樓二樓的平台花園上，數以百計尖長的骨頭飛散，猶如白色的燦爛煙花，肉體則化為漿液和碎屑，花園的草坪陷落了猩紅色的一大片。

拜諾恩握著鐵鍊，身體仍在左右擺盪。他垂頭俯看，殺人鬼在草坪上遺下放射狀的血色圖騰，四周散著無數燐白光點，在拜諾恩眼中看來，有一種悽厲的美感。

# 第十五章
# 最後之暗殺者

**同日**
**晚上九時九分**
**地底　布辛瑪之居所**

布辛瑪被斬斷的手腿並沒有重生出來，因為他心臟已被貫穿。那半截家傳的古劍，把他的殘軀狠狠釘在石壁上。

他容貌變蒼老了不少，原本光滑如熟雞蛋的臉頰凹陷進去，表面如風乾的醃魚，連頭髮也像枯死般失去光澤。他半閉著原本靈動的眼睛，失神地凝視虛空。

拜諾恩沒有理會他，把注意力放在客廳石壁的油畫上。畫裡的異獸似曾相識，特別是那三隻眼睛的神情。可是他卻忘記了在哪裡見過。

他接著走到歌荻亞的屍體跟前。可憐的女人。大概從她信任吸血鬼那天開始，就已註定了這宿命吧？拜諾恩抽起餐桌上的白布，掩蓋在她胸膛破開的屍身上。

地上還有一條灰色貓屍。他記得就是之前從他身邊跑過那一隻。連貓也不放過嗎？這個叫「克魯西奧」的傢伙，似乎比一般吸血鬼要凶殘。

「這些都是『動脈暗殺者』幹的吧？」拜諾恩這才走到布辛瑪跟前。他沒有戒備。布辛瑪已明顯失去攻擊能力，而石室裡，只有他的身體散發出吸血鬼氣息。「他是不是叫克魯西奧？他在哪裡？我可以替你報仇。」

布辛瑪毫無反應。拜諾恩握著他的頭髮。一綹棕髮連著腐死的頭殼皮膚脫落。

「你不用再期待甚麼了。」拜諾恩用布辛瑪的衣衫抹淨手指。「你的王牌已經失去。你怎麼稱呼他？『傑克』，還是『默菲斯丹』？我已經親手了結他。」

「你……」布辛瑪發出微弱而生硬的聲音，粗啞如老人：「……你是……甚麼……人……」

「我是『達姆拜爾』。以你的知識，應該知道這個名稱吧？」

布辛瑪竟然微笑起來。

「我要知道一件事：有沒有方法能夠把我身體裡的吸血鬼因子清除，令我恢復為人類？『默菲斯丹』的血既然能夠瓦解吸血鬼，你也能夠幫助我吧？」

布辛瑪仍在微笑。他的嘴唇在嗡動，卻沒有發出聲音。

「甚麼？說清楚一些！」一想到兩年來的希望就近在眼前，拜諾恩不禁緊張，把臉湊近布辛瑪。

「多……謝……」布辛瑪的聲音細得幾乎聽不見。

「甚麼?……」

「我是說……」布辛瑪的聲音突然洪亮起來。「……多謝你替我解決了『默菲斯丹』!」

一團猩紅色的異物自布辛瑪口腔脫出,近距離飛向拜諾恩的臉!

他來不及閉口。

那是一種極辛辣的味道。拜諾恩感到那異物正沿著他的食道迅速爬行而下。

他馬上嘔吐,但未能把那異物排出,胃囊彷彿被一隻隱形的手掌緊捏。

「多謝你省了我不少麻煩,還送給我一件額外的大功……」聲音來自拜諾恩自己腹裡——那不再是布辛瑪的聲音,而是比孩子還要尖嫩。「誅殺吸血鬼的天敵『達姆拜爾』啊!」

陌生的聲音在自己肚裡說話。沒有人能承受這種恐怖。

拜諾恩清晰感覺到,自己的胃壁被細小的觸鬚洞穿了,痛苦正在延伸向脊髓神經。

——就這樣……結束了嗎?……

——慧娜……好想念妳……

——終於也到了……這一天——

拜諾恩深吸一口氣，死守著最後一點意志。他從大衣的內側，掏出一個透明塑膠袋。裡面收藏的是一截「骨刃」。上面仍沾著「默菲斯丹」的血液。

——再見。

「骨刃」穿破塑膠袋，貫進拜諾恩自己的肚腹。

□

他感到四周濕潤無比，足下踏著的是軟軟的血肉。完全的黑暗。

他摸索著向前走。滑倒了。他墮進黑暗的更深處。

遠處出現一點光線。他吃力地爬起身體，才發現自己完全赤裸。他冷極了。他跑向光源。

黑暗像一幅布幕般瞬間褪去。正午的陽光照射在皮膚上。可是他仍然覺得冷。

這風景在哪裡見過？他記起來了。又是那片寧靜的草坡。那熟悉的花香，沒有蟲鳴聲，石砌的矮牆粗糙依舊。

他疲倦了，大字仰躺在草坡上，太陽還是沒有移動。不知過了長的時間。幾天，幾個月，幾年，幾十年……

他哭了。還要這樣待下去多久？

「不要哭。」慧娜說。

她伏在他身上。她跟他一樣完全赤裸。皮膚互相磨擦。

他想撫摸她的臉。可是手掌再次不聽使喚。他又再扼著她的咽喉。

她這次卻笑了。

「不要害怕……」她說。「你永遠不會傷害我的，對嗎？」

身體下的草坡突然聳動起來，長草變成烏黑色，有跳蚤在其中跳躍。整片草坡彎曲拱突起來，而且迅速縮小，變成那頭異獸的背項。那頭三眼、三角與六蹄的奇異猛獸。

他與慧娜改變了姿勢，跨騎在異獸背上。牠飛快奔跑，帶著他們經過紐約市繁華的第五大道。牠鼻孔噴出能把計程車輪胎熔化的灼熱氣息，蟒蛇般的長尾把交通燈柱掃折，蹄足踏碎了柏油路。

他們又越過荒涼的墨西哥沙漠，令牠的鬃毛沾滿砂粒。牠偶爾停下來，嚼食帶刺的仙人掌。

牠最後停駐在倫敦特拉法加廣場中央。鴿群被驚飛了，一大群冒升起來，把天空完全掩蔽。

遠方的大笨鐘敲響了十三次。

他牽著慧娜的手，躍下異獸的背項。

「我們又見面了。」異獸張開長著獠牙的嘴巴，吐著分叉的舌頭說。「我曾經說過，我們會再見的。」

「你是誰？」他問。

「你知道我是誰。」異獸轉身緩緩步往泰晤士河的方向。「我再說一次：我們會再見面。」

□

拜諾恩從極端痛楚中醒來。

「骨刃」已經拔離腹部。他躺在地上，肚子如火燒般灼熱。

胃囊與食道猛然翻湧，他接連嘔吐出辛辣的濁水，最後是一團拳頭大的柔軟東西。

那東西在他臉側的地毯上蠕動爬行，發出尖細的哀叫。

拜諾恩在極近距離下看清了「動脈暗殺者」克魯西奧身體的每一吋。小得可憐的畸嬰，頭顱比軀幹還要大，額上有兩根蟑螂般的尖細觸鬚。泛紫的皮膚底下隱現蛛網般的靜脈，沒有眼白的奇異雙瞳暴突，短小的四肢在吃力地爬行。

克魯西奧的身體漸漸變成半透明，頭顱像洩氣的皮球慢慢凹陷，再沒有任何動作。

「動脈暗殺者」轉瞬化為一灘濃水，被地毯吸收掉。

拜諾恩全身發熱，感覺軀體像腫脹了數倍。這是中毒的徵象——對於擁有吸血鬼因子的他，「默菲斯丹」的血液就是毒藥。

——可是為甚麼？為甚麼我沒有像克魯西奧般化為液體？

為甚麼？……

# 第十六章
# N．拜諾恩之日記 Ⅲ

十二月二十九日

里繪說，「家長」的葬禮是「地底族」有史以來是最隆重的。地底裡沒有墓場。「家長」的遺體火化了，骨灰撒進一條地下水流。他們說，這水流與泰晤士河連接。

同時火葬的還有歌荻亞和被鎖在石廊道的那幾個男人。當然還有布辛瑪。

□

布辛瑪遺下的札記裡，並沒有記載任何製造「默菲斯丹」的方法。也許全都記在他自己的腦袋裡吧？不過我從中隱約找到了「開膛手傑克」相隔百年才重現的原因。根據他兩個多月前的記述，他想到了一個可能「改造『默菲斯丹』的靈魂」的方法，因此再次把封存多年的「傑克」喚醒。實驗的結果再度失敗，「傑克」又一次失控出走。這亦是最後一次。

我把這些札記都帶走。當然還有那本《永恆之書》。

這到底是甚麼？外表看來竟然有點像《聖經》。它是吸血鬼的經書嗎？

「吸血鬼公會」。一個吸血鬼的嚴密組織，理應能夠輕鬆地稱霸世界，然而他們沒有這樣做，而且許多年來一直對人類保持神秘。那麼它的成立有甚麼目的？

□

……到現在我還是搞不清楚，「默菲斯丹」的血液為甚麼沒有殺死我。或許是因為我的身體有一半是人類吧？

這次經歷喚醒了我。一直以來我都太在意自己的吸血鬼因子，而對自己另一半的人類因子失卻了信心。「我」到底是甚麼？也許我要重新再思考一次。

□

布辛瑪的札記裡，當然也沒有記載能夠「治療」我的方法。可是我卻在讀過他的內心剖白後，找到另一個答案。

假如身為吸血鬼的布辛瑪都能夠真誠地愛著人類，身為半吸血鬼的我又如何？既然我的身體能夠克服「默菲斯丹」之血，我的靈魂或許也能夠自我救贖吧？

就像里繪說過：有句電腦術語「What you see is what you get」；但是她認為在未來的網路世界，將會更進一步，「What you think is what you get」，所想即所得。

我能做到甚麼，取決於我相信甚麼。

慧娜。

我要回來了。

# 第十七章
# Evil Still Lives Among Us

**十二月三十日**
**早上九時十二分**
**希斯羅機場**

在里繪堅持下，拜諾恩提早一天離開倫敦。

「你不怕千禧蟲危機嗎？」她當時這樣說。「要是客機在半途失控了，或是找不到機場降落，那可不是說笑的。任你有多厲害，在三萬呎高空也沒有辦法吧？」

她沒有來送行。「我討厭這種場面。」她的臨別禮物是一具掌上電腦。「裡面有我所有的聯絡方法。只要接通電話線就行。小心，可別讓執法部門拿到它。否則我會有麻煩。」

假護照上的相片跟他毫無相似之處。這並不重要。反正只要向關員施點催眠功夫就能輕鬆通過。帶著滿載武器的皮囊通過保安檢查也是靠這一套。

波波夫已經寄存在特別艙。拜諾恩看看腕錶。差不多是登機的時候了。

機場裡並不擁擠。由於除夕夜正好是周五，旅客高峰期自然延至周日下午才開始。

二千年。拜諾恩對這日子始終沒有甚麼感覺。里繪卻為此興奮不已，還說也許將是「新世界秩序」的開始，又向他描述種種可能出現的糟糕景況：大停電及糧食斷運引起都市巨大的恐慌與暴亂，銀行的戶口紀錄全部被抹消或出現錯誤……

「雖然實際發生機會很小，但是光是想想就覺得很刺激了。」

航班時間的電子顯示屏跟前，人群出現了騷動。拜諾恩好奇走過去看看。許多人指著屏上其中一行。

那正好是拜諾恩乘坐那航班底下的一行顯示。航班號碼及時間等資訊都消失了，代之以一句說話：

**FAREWELL MY FRIEND NICK**

**再見了我的好友尼克**

拜諾恩失笑。又是「速吻」的傑作。

接著的四行也變換成語句。這次人群沉默了下來。

JACK THE RIPPER（開膛手傑克）

HAS DEPARTED（已經離去）

BUT THE EVIL（但是邪惡）

STILL LIVES AMONG US（仍然活在我們當中）

幾十雙眼睛就這樣久久無言凝視這些句子，直至顯示屏被機場人員以人工關閉掉。

人群議論紛紛地散去。

拜諾恩依舊站在原地，凝視那面已熄滅的黑屏。

上面有他自己的倒影。

【吸血鬼獵人日誌】第三部《殺人鬼繪卷》完

# 《殺人鬼繪卷》原版後記

獵人同時也是旅人。

喜歡把這系列小說背景設定於不同的國度與城市，其中許多是我從未親身踏足的地方，這多少有點是為了補償自己旅行的欲望。

倫敦是唯一我在動筆前曾實地考察的城市，前後加起來逗留了接近兩星期，然而考察得來的成果，最終能夠用在這本書中的並不如想像般多。或許我去的不是時候。我看到的是盛夏中充滿生氣的倫敦，而不是一本恐怖小說所需要的那個潮濕、陰鬱的倫敦。

已經是三年前的體驗，可是每當陽光普照的下午，或是聽到 Oasis 的《*Don't Look Back In Anger*》時，總是想念 Covert Garden 的跳蚤市場和街頭賣藝。

終於三十歲了。與數年前的自己比較，最大的改變莫過於比從前「柔」了。這對於寫小說——特別是我這種風格的小說——也許是壞事，但對於生活卻是好事。

到了某一天，當這種矛盾到達界限時，我會開始寫一些比較快樂的故事。

Hacker，一般中文書刊譯作「黑客」或「駭客」，都帶著點貶斥的意味，因此在本書中我沿用英文原字。

（編按：由於時代改變，並考慮閱讀上較順暢，最新「重編版」已經改用「駭客」。）

Hacker 這名稱本身是中性的，卻在傳媒筆下變成與電腦犯罪者同義。假如擁有某種知識或能力本身便構成犯罪嫌疑的話，世界上所有男人都應該把那話兒鎖起來。

從電視機到原子彈到試管嬰兒，每當一種突破性的科學產物誕生時，原有的道德價值便會受到重大的衝擊，同時也是我們從最根本處重新檢視和質疑當今社會的珍貴契機。當人們紛起責難電腦網路上隨意流通著炸彈製造方法時，也許我們真正要問的是為何有人想製造炸彈。

感謝 Nine Inch Nails 和 White Zombie。沒有他們的音樂，這本書恐怕到現在還沒完成一半。

喬靖夫

一九九九年六月廿二日

JOURNAL
OF THE VAMPIRE
HUNTER

國家圖書館出版品預行編目資料

吸血鬼獵人日誌 = Journal of the Vampire Hunter / 喬靖夫著. -- 三版. -- 臺北市 : 蓋亞文化有限公司, 2025.02
面； 公分. -- (喬靖夫刀筆志)

ISBN 978-626-384-179-6(第2冊 : 平裝).

857.83　　114000322

喬靖夫刀筆志 009

吸血鬼獵人日誌 II 重編版

作　　者　喬靖夫
彩色插畫　門小雷
裝幀設計　莊謹銘
總 編 輯　沈育如
發 行 人　陳常智
出 版 社　蓋亞文化有限公司
地址：台北市103承德路二段75巷35號1樓
電話：02-2558-5438　傳真：02-2558-5439
電子信箱：gaea@gaeabooks.com.tw
投稿信箱：editor@gaeabooks.com.tw
郵撥帳號 19769541　戶名：蓋亞文化有限公司
法律顧問　宇達經貿法律事務所
總 經 銷　聯合發行股份有限公司
地址：新北市新店區寶橋路二三五巷六弄六號二樓
電話：02-2917-8022　傳真：02-2915-6275
三版一刷　2025年02月
定　　價　新台幣 340 元
Published and printed in Taiwan

ISBN 978-626-384-179-6